青松集

QINGSONG JI

陈绪德　陈思言◎著

时代出版传媒股份有限公司
安徽文艺出版社

图书在版编目（ＣＩＰ）数据

青松集 / 陈绪德，陈思言著. -- 合肥 ： 安徽文艺
出版社，2025. 2. -- ISBN 978-7-5396-8272-3

Ⅰ. I267；I227

中国国家版本馆 CIP 数据核字第 20249ZM083 号

出 版 人：姚 巍
责任编辑：张星航 张 磊　　　　装帧设计：褚 琦
....
出版发行：安徽文艺出版社　　www.awpub.com
地　　址：合肥市翡翠路 1118 号　　邮政编码：230071
营 销 部：(0551)63533889
印　　制：保定市正大印刷有限公司　(0312)2209511
....
开本：710×1010　1/16　印张：9.75　字数：130 千字
版次：2025 年 2 月第 1 版
印次：2025 年 2 月第 1 次印刷
定价：48.00 元
....
（如发现印装质量问题，影响阅读，请与出版社联系调换）

陈绪德(中)与作家季宇(左)、孙儿陈思言(右)合影

陈绪德 1994 年 4 月 27 日摄于北京

陈绪德(右)在大湖律师事务所与费礼主任(左)合影

陈绪德(左)与校友、安大法学院教
授徐伟学在浮山文昌阁合影

陈绪德(中)与孙子宇杰(右)、思言(左)2024年6月合影

思言(中)与爷爷、奶奶合影

2000年11月8日，陈绪德出席全
国人大内司委会议时留影

陈绪德在省检察院工作时留影

目　录

人生感言篇

杂感篇

时政感言篇

追忆往事篇

陈思言部分

绚丽晚霞也妖娆

季 宇

时隔三年,继《清风集》之后,陈绪德先生的第二部诗文集《青松集》即将付梓。承蒙他的信赖,我有幸先睹为快。数百首诗文,我一口气读完,如春风拂面,一股亲切感油然而生。我与陈绪德先生相识久矣,这些年交往更是密切。他的诗文记录了他的所见、所思、所想、所感。由于对他较为熟悉,他写到的许多事我也有所了解,因此,我看到这些文字时,便感到分外亲切。

陈绪德先生是我省政法界的老领导和法学专家,曾担任安徽省人民检察院副检察长,长期主持省检察院的工作,我一直习惯性地称他陈检。我和陈检的相识要追溯到 20 世纪 90 年代,那时我担任省人大代表和省检察院执纪执法监督员,陈检作为省检的领导,后又担任省人大内务委员会副主任,我们便开始认识了。此后经过数十年的相交,陈检的学识、人品让我十分敬佩。从他身上我学到很多东西,受益匪浅。陈检热爱文学艺术,他的书画具有相当造诣,在诗文上也笔耕不辍。三年前,他的《清风集》问世,广受好评。现在这本《青松集》接踵而至,实在可喜可贺。

《清风集》与《青松集》承前启后,一脉相承,保持了陈检特有的创作风格,可谓姊妹篇。在本集中,诗歌占据大头,篇幅较多。其诗概括起来主要有以下特点:一是题材多样,视野开阔;二是来自生活,具有真情实感;三是弘扬时代精神,传播正能量;四是文风质朴,直抒胸臆,没有丝毫的矫揉造作。

陈检曾对我说过,他写诗都是有感而发,看到的、听到的、想到的,只要有所触动,有所感悟,便会随手写下来。事实上也正是如此。从这本书中,我们可以看到,他从不刻意去写,而是从自己熟悉的生活中选取素材。陈检交游甚广,去过很多地方,接触过很多人,经历过很多事。比如游历名山大川,参观名胜古迹,参加社会活动,与友人交往,甚至平时看电视、看报纸,只要灵感来了,便会立即抓住,马上写下来。因此,他的诗内容丰富,题材广泛,从国际风云变幻到国内时政要闻,从社会风气、大事小情到家长里短、生活琐事,无所不包,无不涉猎。

游历诗是中国诗歌常见的一大类,陈检也写过不少,其中有游历全国各地名山大川的,也有写家乡山水的。前者如写黄山、九华山、天柱山、琅琊山的,诸如此类,给人深刻印象。这些诗中,有古体诗,也有现代诗,作者饱含深情,字里行间充满了对祖国大好河山的热爱和赞美。对于黄山,作者写得最多,也最爱。他倾注了感情,对黄山的峰峦、云海、青松、怪石、温泉等,不吝赞美之词。尽管多次登临,仍然意犹未尽,甚至"愿做山上一青松,日夜坚守悬崖边。愿为天上白云飘,时常绕行在峰间"。在赞美黄山之美的同时,他还讴歌了黄山松"狂风暴雨不畏惧""大雪压顶不弯腰"的精神,给人以向上的力量。

陈检爱读书,学识广博。他的诗中蕴含着丰富的人文和历史知识。如黄鹤楼崔颢的典故,爱晚亭杜牧的名篇,醉翁亭欧阳修的传说,以及武侯祠、逍遥津中关于三国的故事,如此种种,穿插其间,意蕴深厚,读来令人产生联想。除了自然景观的书写外,陈检对中国人文历史也情有独钟。他写韶山,写井冈山,写娄山关,写八一南昌纪念馆,写云岭新四军军部旧址,还有中山舰、甲午战争纪念馆等等。这些诗拂去历史的硝烟,怀念先烈,以古观今,给人以启发和教益。

陈检是苦孩子出身,"我本不幸一苦娃,生在乱世穷人家",是党的培养,使他上了大学,一步步走上了领导岗位。正因为如此,他对党、对人民、对新中国充满了深沉的热爱。他常说,我的一切都是党给的。没有共产党,就没有我的今天。正如他在诗中所写:"我爱中国共产党,是党把我来培养。党的恩情深如海,铭记在心永不忘。"为此,他不惜浓墨重彩,讴歌党和祖国,讴歌改革开放、脱贫攻坚和中华崛起。他还用诗赞扬反腐取得的成绩。对于改革开放以来中国社会各方面发生的翻天覆地的变化,他更是放声高歌。如《上海颂》《皖南风光好》《春到江淮》《仿菩萨蛮·山东行》等,这些诗贴近现实,反映现实,字里行间跳动着时代的脉搏。他还在一组写奥运的诗中,为运动员取得的每一个成绩而击节赞叹,为伟大的祖国倍感骄傲和自豪。在讴歌真善美的同时,他还对国际反华势力及社会丑恶现象予以坚决的抨击。这些诗蕴含满满的正能量,抒发了昂扬的爱国主义和英雄主义情怀,闪烁着积极向上的现实主义和理想主义光芒。

在陈检的诗中,有一些怀念亲人的篇章,读来情真意切,令人感动,特别是怀念夫人梅莉的诗,读之令人泪下。陈检与夫人相濡以沫,朝夕相伴,共同生活了半个世纪。陈检在职时,由于工作忙,夫人承担了一切家务。不幸的是,夫人后来身患重病,生活的担子全部压到了陈检的身上。他既要照顾夫人的起居饮食,还要经常跑医院:"为你治病天天忙,来回医院不间断。"那段时间,陈检十分艰难。当时孙子还小,也需要他照顾。有一次,我找陈检有事,看到他在雨中接孙子回来,身上都被雨淋湿了,当时他已是八十多岁的老人,斯情斯景,令人动容。尽管压力山大,但陈检咬牙坚持:"只盼你的病痊愈,再苦再累也心甘。"在他的精心照料下,夫人的病情逐渐稳定下来,就连医生也称她创造了奇迹。

然而,天有不测风云。就在 2023 年,陈检夫人因不慎染上新冠病毒引发旧症,与世长辞,这给陈检极大的打击。他"顿觉天旋地也转""犹如晴天响炸雷"。他回忆起和夫人一起走过的岁月,仿佛一切就在眼前,可如今阴阳相隔,只能梦中相见。"从此不能在一起,但愿梦中常相见""茶饭不思夜不眠""悲痛欲绝无声泣"。过去,夫人在世时,他虽苦虽累,但起码还有盼头,如今他想苦想累也做不到了。正如他在诗中写道:"生前虽卧病床上,我心踏实不担忧。如今她已离我去,心里压块大石头。"短短几句便道出了人生的深痛和无奈,没有经历过生离死别的人很难写出这样的诗句。

　　陈检的诗文风质朴,明白晓畅。他的诗在格律上并不讲究,相反吸收了民歌的传统和古风的特点,读来亲切自然,朗朗上口。在一些感言诗中,他写出了人生百态,富有哲理。如写小草,说它们平凡而顽强,"虽然不如花枝俏,能让大地披绿装"。如写人生,"为人眼光要放远,小事切莫去纠缠""大海能容千条河,胸怀宽广事业兴"。在《做人》中,他劝人"为人不要像泥鳅""做事要学老黄牛"。在《鸟儿的话》中,他用拟人化的手法,写出了鸟儿渴望自由,向往蓝天的心声,不仅手法巧妙,而且形象生动,让人产生共鸣。

　　相比诗歌,收入本书的散文数量较少,但我格外喜欢。尤其是《怀念我的母亲》《父亲的来信》等篇,看完之后,心情久久难以平静。

　　《怀念我的母亲》通过生活中的几个小片段,把母亲勤劳善良、勇敢而充满爱心的形象栩栩如生地表现了出来。有件小事很有意思。陈检七八岁时,有个杨姓的地主婆生孩子难产。民间相传,产妇喝了小男孩的尿便会有助于顺产,但这个小男孩会有夭折的危险。于是地主家的人便悄悄来找陈检,骗了他的尿,还给了他几角钱。陈检不明就里,还挺高兴,没想到尿还能卖钱。哪知母亲知道这事后,非常气愤,便找上门去,非要地主家将尿倒掉,并将钱还给了他们。这事在今天看来虽有点迷信,但母亲为了维护儿子表现出来的勇敢和坚定,却通过这个细节跃然纸上。

　　文章贵在有情,而写情重在写细节。陈检的散文很重视细节。如,写父亲每次来信,开头总是"绪德吾儿,见信如面",结尾常写"话长纸短,难叙余情"。简短的几句,便写出了那个时代的况味。陈检上大学,全靠助学金维持,不论多么困难,他总是报喜不报忧。有一次,他把与同学的合影寄回家中,母亲看了既高兴又难过。因为她看到同学穿的是皮鞋,儿子穿的却是旧布鞋;当时天已变暖,同学穿的是短袖衬衣和短裤,儿子穿的还是长裤长衫,于是她难过地流下泪来。可怜天下父母心,在这些别人也许会忽略的地方,陈检却写出了母亲对儿子的爱。这些细节十分传神,也十分感人。对于写作来说,技巧固然重要,但真情实感更是制胜法宝。

值得一提的是,本书中还收有陈检的孙子陈思言的部分诗文。思言我曾见过,还在上中学,是一个十分帅气、勤奋、懂事的孩子。他喜爱写作,善于观察。他的诗文大多是捕捉生活中的小事加以提炼。如《我的心意》,写他随爷爷一起去公园,碰到一老一少的乞讨者,于是便向爷爷要了几个硬币投放到他们碗里。他早就听说如今骗子不少,社会上有不少人装扮成乞丐骗人财物,尽管如此,他仍然相信他们不是那样的人,并希望社会各方面来帮助那些有困难的人。这篇短文充满了浓浓的爱心,而且文字清新,表达准确,对一个中学生来说十分难得。尽管他的文笔还有些稚嫩,但相信只要坚持下去,假以时日,他会越写越好。我想,陈检把他的诗文收入书中,也有提携鼓励之意。

陈检如今已是八旬老人,但他并不服老。当别人称他"老人家"或"老同志"时,他心里便不大舒服,因为他的心依然年轻。正如他在诗中写的那样:"心中犹燃青春火""绚丽晚霞也妖娆"。衷心地希望陈检心中的青春之火永不熄灭,绚丽的晚霞永远妖娆。

我爱北京

我一生中曾多次来过北京，

还曾经是北京的市民。

北京在我心中永远是那样美好，

那样古老而年轻。

我爱北京雄伟的天安门，

曾荣幸地见到过站在城楼上的伟人。

我爱人民大会堂，

曾多次在那里聆听过国家领导人的讲话，还同他们合过影。

我爱北京的名胜古迹，

曾兴致勃勃地登上八达岭长城。

广阔的天安门广场令我视野开阔，心情舒畅，

高大的人民英雄纪念碑让我对先烈肃然起敬。

庄严肃穆的毛主席纪念堂，

使我永远不忘毛主席的恩情。

我喜欢北京上演的京剧，

曾高兴地看过李和曾主演的《孙安动本》。

我爱北京人的勤劳、朴实、豪爽和大度，

最爱听京腔京调带"儿"字的声音。

啊，美丽、古老而又年轻的北京，

我永远和你心连心，

时刻倾听你向全中国乃至全世界发出的响亮声音。

登天安门城楼

有幸登临天安门，精神焕发且兴奋。
站在城楼放眼望，英雄碑高耸入云。
西有雄伟大会堂，东边展馆人出进。
远望主席纪念堂，伟人永活世人心。

注：1988年3月赴京出席全国检察长会议，乔石等中央领导同志在人民大会堂接见了全体会议代表，随后代表们登上天安门城楼参观。

北京之行

多年未能去京城，年过八十乃成行。
如今故地来重游，喜看处处面貌新。
走进母校校园内，心情激动变年轻。
目睹当年住宿处，心中感到格外亲。
历历往事在眼前，难忘恩师培养情。
学校旧貌换新颜，看在眼里喜在心。

注：应中国政法大学邀请，2023年6月8日参加在学院路校区举行的校史资料捐赠仪式及展览开幕式，在校友费礼的大力支持并派人

陪同下前往北京。在京期间会见了马怀德校长,冯世勇、朱勇副校长以及罗辑校友等。

天　坛

古人多把奇迹创,北京天坛传四方。
中华大地文物多,到此一游心欢畅。

我爱黄山（三首）

一

我爱黄山七十二座雄伟的山峰,
我爱黄山挺拔屹立的迎客松。
我爱黄山形态逼真的怪石,
我爱黄山奔腾直下的巨龙。
我爱黄山清澈如镜的温泉,
我爱黄山盛开的杜鹃花红。
我爱黄山茫茫的云海,
我爱黄山东方日出时的彩虹。
我爱黄山处处是美丽的画卷,
我爱黄山与仙境相同。
黄山是大自然献给人类的瑰宝。

黄山是顶天立地的英雄。
黄山是中国人民的骄傲。
黄山是世界人民的光荣。

二

神州大地多名山，一生最爱游黄山。
三上黄山不为多，十上黄山心才甘。
愿做山上一青松，日夜坚守悬崖边。
愿为天上白云飘，时常绕行在峰间。

三

我到过许多名山，
黄山让我百看不厌。
我见过不少古老松树，
黄山松最令我惊叹。
天下有许多形象逼真的怪石，
黄山的怪石却使我迷恋。
那在云雾中忽隐忽现的座座山峰，
好像海洋里的岛屿一般。
那波澜壮阔的云海，
如同漫无边际的海洋。
啊，神奇、美丽的黄山，
你是人间仙境，
你是天然画卷，
游人到此无不流连忘返。

人间仙境在黄山（三首）

一

七十二峰真神奇，云雾缥缈不舍离。
青松挺拔悬崖上，飞瀑直下水流急。
林中小鸟齐欢唱，山间金猴在嬉戏。
置身仙境忘回归，不觉红日已偏西。

二

神州处处有美景，黄山风景天下闻。
奇松怪石和云海，温泉瀑布皆迷人。
攀登天都上太空，光明顶上可揽云。
看山一定看黄山，景色秀美如仙境。

三

人间仙境何处寻？请到黄山看究竟。
奇松怪石世少有，座座秀峰耸入云。
飞瀑直下掀巨浪，温泉水清如明镜。
杜鹃花开红似火，茫茫云海峰下生。
一年四季风光好，游客到此无归心。

霞客名言天下传

天公移来座座山,巍峨险峻不一般。
七十二峰云中藏,瞬间万变露真颜。
白云茫茫汇成海,日出东方红一片。
奇松挺立悬崖上,象形怪石世少见。
温泉飞瀑堪称绝,鸟鸣猴嬉在林间。
名花异草处处有,杜鹃花开红艳艳。
黄山风景美如画,霞客名言天下传。

黄山松颂(三首)

一

悬崖绝壁生奇松,挺拔屹立郁葱葱。
狂风暴雨不畏惧,大雪来袭仍从容。
犹如巨人立崖上,亭亭玉立显威风。
伸开长臂迎嘉宾,游客到此展笑容。

二

奇松意志坚如钢，高山顶上能生长。

虽然没有肥沃土，仍能生得郁苍苍。

酷暑严冬不畏惧，哪怕暴风骤雨狂。

大雪压顶不弯腰，昂首挺立向东方。

三

崖石虽硬能扎根，冰天雪地更精神。

日夜守卫在山间，伸展巨臂迎游人。

仿谒金门·黄山

黄山好，仙境莫再找。奇松、怪石和温泉，云海涌波涛。飞来巨石仙桃，猴子观海欢笑。看群峰云遮雾绕，登山人不老。

黄山卧龙松

一松俯卧悬崖上，形似卧龙下山岗。

游人见了齐称赞，愿它早日能飞翔。

九华山凤凰松

九华山上一奇松,形似凤凰飞山中。
挺拔屹立悬崖上,特为地藏来伴从。

1998 年 4 月

黄山和九华山

神州处处有名山,黄山九华天下传。
一个四绝世少有,一个地藏声名远。
两山风景美如画,置身景区似神仙。
劝君来把两山游,切莫终生留遗憾。

齐云山

道教圣地天下闻,奇峰壮观直入云。
山下横江东流去,山上寺庙香火盛。

1993 年 7 月

武夷山

群山藏在云雾中,时隐时现露真容。
九曲溪中竹筏多,游人到此展笑容。

泰 安

登上高楼观泰城,入夜灯火分外明。
遥望天空星光灿,远看泰山隐入云。

1996 年 5 月

齐山(二首)

一

山似盆景林木秀,曲径弯弯皆通幽。
岳飞名句千古传,包公题名青史留。

二

群山不高风光好,茂林深秀山石巧。
翠微亭内观佳句,英雄豪言冲云霄。

2002 年 4 月

醉翁亭(二首)

一

琅琊山上一座亭,太守名篇天下闻。
四方游客慕名来,必到亭内赏佳文。

二

林深闻鸟鸣,水清鱼成群。
来游琅琊山,最爱醉翁亭。

2004 年 8 月

滕王阁

一楼耸峙大江边,历经沧桑多变迁。
四方游人纷纷来,只为王勃有名篇。

1997 年 11 月

登荆州万寿塔

六旬喜登万寿塔,滚滚长江在塔下。
俯观沙洲风光美,遥看公安沐彩霞。
当年吴蜀争霸地,如今市容也繁华。
历尽沧桑久不衰,古城青春更焕发。

1998 年 3 月

游江陵

诗仙名作无不闻,今日结伴到江陵。
两座古城紧相连,处处都有好风景。

1992 年 6 月

各地风光篇

马鞍山

江南钢城马鞍山，环境优美无污染。
雨山湖水明如镜，精美雕塑随处见。
马路宽广车如流，广场开阔众人玩。
长江之滨一明珠，改革开放谱新篇。

游天柱山

清明时节来名山，春雨绵绵湿衣衫。
群峰隐在云雾中，神奇天柱未露面。

炼丹台

炼丹湖上炼丹台，炼丹人去台犹在。
灵丹妙药世间无，有人痴迷实悲哀。

绩溪龙川胡氏宗祠

祠堂建在河岸边,雕梁画栋甚壮观。
古今名人实不少,只因河流叫龙川。

旌 德

旌阳虽小风光好,徽水穿城群山绕。
文庙院内观古塔,最美风景在亭桥。

2004 年 4 月

仿十六字令·太极洞

洞,神州处处有奇洞。太极洞,无人不称颂。
洞,无限风光似迷宫。入了洞,置身仙境中。

紫蓬山

山清水秀景色美，寺庙钟声最清脆。
世上名山知多少，到此一游令人醉。

2016 年 1 月

敦煌所见

地处荒漠无林草，万里晴空不见鸟。
四方游人蜂拥至，只因洞窟藏珍宝。

2004 年 9 月

游万佛湖

群山环抱碧波湖，湖中岛上供有佛。
绿水青山美如画，游客到此心情舒。

葛洲坝

滚滚长江也听话，只因建了葛洲坝。
拦江截流创奇迹，发电灌溉作用大。
水位落差二十米，乘船如坐电梯下。
勤劳勇敢中国人，天大困难也不怕。

1989 年 9 月

黄鹤楼

大江岸边一名楼，黄鹤曾来此停留。
古今名人佳作多，崔颢诗歌传千秋。
登临楼上放眼望，一桥飞架江自流。
东湖水清明如镜，汉正街上人密稠。

稻香楼

林木茂盛花枝俏，水环四周成宝岛。
不闻市内喧闹声，只听树上鸟欢叫。

许多贵宾曾下榻,名家书画也不少。
历史悠久名声远,喜看今朝换新貌。

武汉颂

三游古城兴未尽,荆楚大地面貌新。
高楼林立车如潮,黄鹤楼高耸入云。
大江滚滚东流去,一桥飞架畅通行。
珞珈山上风光好,东湖水清如明镜。
历史悠久事件多,武昌起义天下闻。
祖国河山处处美,最爱旅游到江城。

1992 年 6 月

游逍遥津公园

春回大地万象新,花红柳绿芳草青。
楼台亭阁随处见,园内湖水如明镜。
飞骑桥上忆三国,当年张辽威名震。
古城早已换新貌,游客到此皆开心。

安庆振风塔

一城耸立大江边,守望江上往来船。
不让长江掀风浪,过往船只都平安。

1992 年 7 月

扬州游

名城三月琼花开,清香四溢游人来。
五亭桥上歌伴舞,瘦西湖畔人如海。
当年英雄抗清兵,悲壮事迹永长在。
鉴真渡海去东瀛,中日友好青史载。

1999 年 4 月

各地风光篇

019

杭州风光（二首）

西　湖

西湖风景美如画，誉称天堂不虚假。
正值桃红柳绿时，游人到此忘归家。

灵隐寺

千年古寺香火盛，信徒拜佛情意真。
慕名前来寺内游，友人接待甚热情。

1998 年 3 月

游绍兴

会稽山下一名城，风流人物数不尽。
书圣文豪和侠女，流芳千古人人敬。

1998 年 4 月

龙井村

群山环抱一山村,名茶龙井天下闻。
清明时节来此游,品尝新茶最开心。

1998 年 3 月

登妙高台

妙高台上观风景,青山绿水看不尽。
当年一家独享受,如今游客喜登临。

1998 年 4 月

杭州岳王庙

精忠报国一忠臣,不幸保的是昏君。
听信谗言诛无辜,西湖难洗英雄恨。

1998 年 3 月

池州之夜

湖光塔影五彩灯，流行音乐也动听。
杜牧倘若今尚在，定有新作天下闻。

2002 年 4 月

鸟儿的话

我们鄙视泥土中的蚯蚓，
我们耻笑粪池里的蛆蝇。
我们志在蓝天飞翔，
从不畏惧电闪雷鸣。
五湖四海留下我们的踪迹，
天涯海角回荡着我们的声音。
我们最爱居住在神州大地，
这里阳光明媚，
最适合我们生存。

2021 年 11 月

笼中画眉鸟

笼中画眉鸟，不停在呼叫。
欲要飞出笼，不再受煎熬。
外面的世界，实在太美好。
展翅飞上天，一览众山小。
神州山河美，处处可筑巢。
但愿养鸟人，快把它放掉。

新疆赞

土地辽阔物产丰，民族团结乐融融。
当年边疆流放地，如今旧貌换新容。
人民生活得改善，条条道路互连通。
可恨有人来抹黑，造谣污蔑终究空。

2000 年 9 月

金秋时节

金秋时节风送爽,果实累累稻谷香。
又是一个丰收年,村民家家喜洋洋。

2015 年 11 月

观重庆夜景

万家灯火映山城,犹如夜空落繁星。
嘉陵江水似彩虹,时闻船上鸣笛声。

1989 年 9 月

参观渣滓洞白公馆

歌乐山上神在泣,嘉陵江水日夜啼。
多少中华好儿女,惨死魔鬼黑洞里。
为了人民得解放,甘洒热血志不移。
泰山顶上松常青,烈士英名昭天地。

1989 年 9 月

观云南石林

云南石林天下闻,千姿百态观不尽。
座座山石如珍宝,栩栩如生似人形。

西双版纳

神州处处有宝地,傣乡风情也独奇。
原始森林多古树,野象出没游人喜。

桂林游

桂林山水甲天下,漓江两岸美如画。
座座山峰皆神奇,江水清澈见鱼虾。

到韶山

久盼早日到韶山,今朝愿望终实现。

山村风光美如画，红日一出游人欢。
卧虎藏龙一宝地，有幸出了好儿男。
丰功伟绩昭日月，光辉思想代代传。

1998 年 3 月

注：在长沙时天下小雨，到韶山后雨过天晴。

娄山关

多年愿望今实现，有幸来访娄山关。
红军英勇歼敌处，犹闻号角响耳边。

1996 年 4 月

遵义至贵阳途中所见

麦苗青青菜花黄，群山连绵绿水长。
林木茂盛桃花红，贵州处处好风光。

1996 年 4 月

参观中山舰

举世闻名爱国舰,沉浸江河数十年。
如今打捞见天日,历史悲剧不再演。

1998 年 3 月

参观徐州汉墓

生前享荣华富贵,死后还奢侈浪费。
开山建地下宫殿,石匠却成了冤鬼。
可笑他自称清廉,立墓碑防止盗贼。
此地无银三百两,自欺欺人心白费。

注:徐州汉墓为西汉刘注之墓。此墓工程浩大,为防止盗墓,在
墓的入口处竖了一块石碑,上面刻有墓内没有贵重物品,不要盗墓的
碑文,但此墓还是被盗过。

参观甲午战争纪念馆

千里驱车到威海,为睹当年战场来。
甲午之战永难忘,民族耻辱记心怀。
日本强盗实猖狂,晚清政府太腐败。
爱国将领真英勇,壮烈牺牲举国哀。
如今中华已崛起,谁敢来犯海里埋。

1996 年 5 月

仿菩萨蛮·山东行

齐鲁大地惊巨变,条条大道长又宽。处处耸高楼,工厂也密稠。
田园景色新,村镇连村镇。改革开放好,神州春来早。

1994 年 5 月

参观长沙马王堆出土文物展览

千年古尸世少见,特制棺木不一般。

古老中华奇迹多,长沙汉墓叹为观。

1998 年 3 月

游岳麓书院

岳麓山下一书院,名扬天下出状元。
优美环境读书处,游人到此尽开颜。

1998 年 3 月

爱晚亭

岳麓山下有一亭,名为爱晚天下闻。
秋风吹来枫叶红,杜牧名诗人爱吟。

1998 年 3 月

上海颂

高楼林立接云天,道路宽阔车不断。

入夜灯光放异彩,东方明珠最耀眼。

改革开放政策好,浦东开发谱新篇。

东方巨龙正腾飞,神州大地换新颜。

1998 年 3 月

神奇张家界

座座奇峰耸入云,疑是有幸临仙境。

神州处处风光好,此处风景最迷人。

1998 年 3 月

游天子山

武陵源中山连山,陡峭险峻难登攀。

犹如斧劈刀削成,鬼斧神工造奇观。

1998 年 3 月

登小南岳山

汉帝敕封千古传，于公题词在山巅。
登临何惧路难行，无限风光在眼前。

2002 年 4 月

游白帝城

李白名诗天下传，刘备托孤甚凄惨。
长江岸边一古城，四方游客皆来观。

1998 年 9 月

溪口蒋氏故居

丰镐大门朝南开，一条小河流过来。
当年蒋家一故居，至今完好无损坏。

1998 年 4 月

游当阳忆赵云

长坂坡上威名扬,七进七出有胆量。
救出皇嫂和阿斗,曹操计谋成空想。
张飞一吼水倒流,关羽显灵玉泉上。
赤胆忠心保刘备,不怕战死在沙场。

1992 年 6 月

黄龙洞

洞内山石多奇观,别有洞天不虚传。
广阔可屯百万兵,入洞观景需乘船。

1998 年 3 月

湘西行

湘西三月好风光,桃红梨白菜花黄。
麦苗青青林木绿,群峰环抱小村庄。

1998 年 3 月

陈绪德在省人大常委会工作时留影

陈绪德北京留影

陈绪德在黄山迎客松前留影

陈绪德在九华山留影

陈绪德在黄山留影

陈绪德在遵义会议会址留影

陈绪德在武夷山留影

陈绪德在石林留影

慈利至石门途中所见

半山腰上有农家，座座小楼都不差。
山下溪水缓缓流，田野开满油菜花。

1998 年 3 月

成都武侯祠

武侯祠内香火盛，今日有幸到锦城。
空城之计传千古，鞠躬尽瘁留美名。
多谋善断有远见，辅佐蜀汉尽忠心。
执法如山人钦佩，马谡被斩见真情。

1989 年 9 月

丰都鬼城

世上本就无鬼神，长江岸边有鬼城。

阴曹地府阎王殿,只是传说不可信。

1989 年 9 月

注:重庆市丰都县被称为"鬼城"。

皖南风光好(四首)

一

山清水秀林茂盛,白墙瓦顶农舍新。
皖南山水美如画,游人到此皆欢欣。

二

绿水青山如画景,遍地金黄耀眼明。
皖南三月风光好,生在此地真幸运。

三

金秋八月皖南行,一路歌声伴笑声。
层林尽染风光好,村庄民居格调新。
时逢佳节在异乡,主人相待格外亲。
明月照亮新安江,心中涌起思乡情。

四

皖南三月好风光,风和日丽百花放。
杜鹃花开红烂漫,田野油菜金灿黄。
山上树木染新绿,林中鸟儿在歌唱。
村里家家无闲人,农民田间耕种忙。

春到江淮(三首)

一

山林碧绿菜花黄,清泉环流村庄旁。
江淮大地春来早,丹青难画好风光。

二

桃花鲜艳红似火,梨树花白满山坡。
山乡美景如画卷,游人到此心欢乐。

三

田野有绿也有黄,春到江淮地换装。
喜看百花齐争艳,又见村头牛羊壮。

2002 年 3 月

春风颂

春风使覆盖大地的冰雪消融,
春风让枯黄的花木郁郁葱葱,
春风叫百花盛开,万紫千红。
春风催人奋进,
让老年人变得年轻,
让他们晚年生活其乐融融。
春风赋予年轻人青春活力,
让他们精神焕发,勇当时代先锋。
春风让少年儿童更加活泼可爱,
脸上露出幸福美好的笑容。
啊,春风,和煦温暖的春风,
你吹遍了神州大地,
到处是生机盎然、欣欣向荣!

2016 年 3 月

江河颂

我赞颂黄河和长江，

我赞颂它们勇往直前，意志坚强。

我赞颂一切大小河流，

我赞颂它们不分昼夜地流淌。

它们摆脱许多大坝的拦截，

冲破一座座高山的阻挡。

它们有既定的目标：

一定要到达大海汪洋。

它们为人类带来幸福，

让农民的粮食堆满仓；

它们宁愿承受着沉重压力，

让各种船只自由来往。

啊，我们的母亲河——黄河和长江，

你们是中国人民的骄傲，

你们哺育着世代中华儿女，健康成长！

乘坐昆明至南宁飞机上所见

夜幕将降临，银鹰云中行。

西天晚霞红，彩练忽形成。
太空真奇妙，欲去探究竟。
倘若乘飞船，梦想可成真。

1998 年 11 月

喜看生态环境改善

蓝天白云空气好，树上鸟儿齐欢叫。
山清水秀环境美，人民生活质量高。

2021 年 12 月

巴黎游

塞纳河水碧且清，两岸风光醉游人。
圣母钟声传四方，雄伟铁塔耸入云。
罕见珍宝两宫藏，庄严高大凯旋门。
耳边犹闻炮声响，公社精神万古存。

伊犁将军府

黑白颠倒是非淆,盖世奇功一笔销。
忠臣流放到边疆,昏君愚昧实可笑。

2000 年 9 月

泰国游

两老带一小,出国跑一跑。
乘机数小时,未感有疲劳。
泰国景点多,看得真不少。
游览大皇宫,还去逛寺庙。
骑象坐马车,好奇观人妖。
夜游湄南河,心潮逐浪高。

2015 年 3 月

注:2015 年 3 月 24 日,我和梅莉带孙儿思言随旅行团到泰国旅游。

日 出

起床清早窗外望,绚丽多彩在东方。
一轮红日喷薄出,五湖四海都照亮。

春 天

花红柳绿又一春,神州大地万象新。
莺歌燕舞人欢乐,祖国繁荣和昌盛。

地球在呐喊

生态环境遭破坏,战争频发最危害。
原本人类宜居处,如今山河面貌改。
空气污染日益重,过度开发酿祸灾。
地球高声在呐喊,有朝一日化尘埃。

2021 年 8 月

枫　树

秋风吹来树叶落,枫树依然红似火。
明知好景不会久,仍要风流露头角。

仙人掌

形似仙人大手掌,生得确实不寻常。
土地干旱能生存,沙漠之中也兴旺。
身上长满小尖刺,为了自卫防受伤。
我愿把它来栽培,只因它的意志强。

赞紫薇花

盛夏酷暑花开少,喜见紫薇花枝俏。
烈日当空全不怕,路上行人喜欢笑。

桂　花

秋冬季节树叶黄，路边犹闻桂花香。
一年四季叶茂盛，不怕天寒仍开放。

咏　兰

路边野草无人问，兰在深山有人寻。
虽为同类命运殊，只因兰花香宜人。

咏　竹

生来不肯把腰弯，虚心向上意志坚。
狂风暴雨摧不倒，春雨润得枝叶繁。

合肥望湖城公园(二首)

一

环境优美望湖城,两湖相连水碧清。
岸边垂柳迎风舞,广阔草地绿茵茵。
茂林喜见红叶树,鸟语花香最迷人。
男女老幼到此游,园内处处欢笑声。

2024 年 4 月

二

南北两湖紧相连,湖水清澈鱼可观。
岸边垂柳随风舞,杜鹃花开红艳艳。
林木茂盛空气好,时闻树上鸟声喧。
儿童草地齐欢乐,老人广场舞蹁跹。
四方来宾到此游,流连忘返笑开颜。
神州处处风光好,喜看望湖一公园。

2024 年 4 月

商城颂（二首）

一

大别山下一座城，历史悠久早闻名。
当年革命根据地，刘邓与民心连心。
绿水青山风光好，旅游处处有美景。
改革开放成效大，古城面貌日日新。

二

久别故乡回去少，清明祭祖今来到。
昔日县城脏乱差，如今处处换新貌。
破旧房屋已不见，马路宽广楼房高。
环城河流水变清，两岸公园花枝俏。
贫穷落后一古城，改革开放正飞跃。
当年革命根据地，先烈为国头颅抛。
老区人民贡献大，国家优待忘不了。
群众生活得改善，展望未来更美好。

青松集

044

2024 年 4 月

rén shēng gǎn yán piān

人 生 感 言 篇

rensheng ganyan pian

人生感言篇

人生感言（四首）

一

自然规律不可违，人活百年也成灰。
活着过好每一天，不要临终方后悔。
为人心胸要宽广，宁肯自己吃些亏。
让他三尺又何妨，才能显出心灵美。

二

人生地球很幸运，来到神州有福分。
活着精神要愉快，远离悲伤与烦闷。
光阴荏苒似电闪，昨日小伙今鬓染。
前进道路多曲折，太阳一出乌云散。

三

小平七旬又出山，叶帅八十挽狂澜。
莫道人老不中用，晚霞映红半边天。

四

年过八十身犹健,头脑清醒眼能观。
一日三餐吃得好,看书绘画乐清闲。
老伴生病照顾好,家务劳动没少干。
人生如梦终离世,切莫虚度每一天。

做人（四首）

一

为人不要像泥鳅,圆滑必然栽跟头。
老实本分人尊敬,做事要学老黄牛。

二

一生休做亏心事,廉洁奉公不为私。
永远都听党的话,问心无愧生命止。

三

与人相处和为贵,恶语伤人会倒霉。
古今中外多少人,出言不逊吃大亏。

四

遇事切记要冷静,蛮横急躁是祸根。
对人谦虚有礼貌,方能受到人尊敬。

2021 年 7 月

心　愿

人生道路实短暂,不觉已经到暮年。
如今生活很幸福,年过八旬身犹健。
明知路程将走尽,力争多活好几年。
难忘祖国山川美,中华振兴是企盼。
愿我孙儿有作为,将来都能挑重担。
假若身体无大病,还想为国做贡献。

读史有感(六首)

一

历史乃是一明镜,善恶美丑看得清。
任你生前多伪装,死后自然有公论。

2020 年 3 月

二

莫道年老不中用，忆想周朝姜太公。
古稀之年大有为，辅佐文王立大功。
蜀汉老将黄汉升，定军山上显威风。
历代多少老英雄，感人事迹千古颂。

三

参天古树枝叶茂，经霜枫叶更妖娆。
老骥伏枥志千里，晚霞朝霞同样好。
黄忠大胜定军山，十老安刘功劳高。
古今多少老英雄，青史簿上可寻找。

四

忠言逆耳利于行，只怕执政是昏君。
魏徵敢把真话讲，幸遇君主很开明。

五

自古忠言有风险，善意时常惹祸端。
可怜多少正直人，蒙冤受屈命运惨。

六

领袖英明国富强，百姓幸福乐安康。
若是昏君来执政，定使国破和家亡。

有感一些贪官被查处（五首）

一

人生在世要清廉，自古贪腐招祸端。
图得一时来享受，迟早定会跌深渊。
心存侥幸实愚昧，坏事暴露是早晚。
廉洁奉公人尊敬，做官要学包青天。

二

有职有权心莫贪，为民服务记心间。
贪污腐化下场悲，身败名裂臭万年。

三

昔日台上多风光,有权有势嗓门响。
说一不二威风大,下属见了忙礼让。
以权谋私心太贪,初心宗旨忘一边。
得意一时终身苦,依法惩处是下场。

2014 年 8 月

四

年轻有为被提拔,一路顺风官做大。
得意忘形乱作为,利令智昏违纪法。
原本生活很幸福,如今监牢来关押。
自古贪官下场惨,为人忠厚莫奸猾。

五

人死一切都成空,活着万事要想通。
争权夺利实愚昧,贪污受贿入牢笼。
为人切莫生邪念,遵纪守法记心中。
歪门邪道不能搞,诚实本分受尊重。

2024 年 8 月

宽　容

为人处世要宽容,谦虚谨慎人尊重。
个人得失勿计较,宁可吃亏莫冲动。

三思而行(三首)

一

三思而行古有训,轻举妄动祸来临。
凡事需要想周全,贸然而行是祸根。

2020 年 8 月

二

人生不幸事件多,矛盾激化酿大祸。
遇事切记要冷静,待人态度应谦和。

三

人的个性莫太强，鸡毛小事丢一旁。
与人相处和为贵，宽宏大度人敬仰。

黄金和沙土

黄金人人都喜爱，价格虽高有人买。
沙土路旁堆如山，行人看了不理睬。
万丈高楼要兴建，急需沙土运过来。
金子虽好难用上，只有沙土离不开。

珍惜生命

——惊闻张家界发生跳崖轻生一事有感

人的生命最可贵，失去不能再挽回。
可惜总有轻生者，自我毁灭实可悲。
为人遇事要冷静，一时冲动必后悔。
千难万险能克服，太阳一出乌云退。

患病有感

身体健康最幸福,患上重病太受苦。
无病可以走天涯,病魔缠身门难出。
身强力壮饮食香,生病佳肴口难入。
无病不花冤枉钱,治病药费实恐怖。
但愿人人都健康,医院关门病魔除。

2023 年 3 月

整理藏书有感

一生喜爱购图书,屋内放满几大橱。
可惜许多尚未看,如今年老力不足。
明知夕阳将下山,抓紧阅读莫迟误。
书籍陪伴我长大,晚年有它不孤独。

2020 年 7 月

有的人

空话能讲千万遍,实事未有做一件。
擅长吹嘘和拍马,好大喜功令人厌。
诚恳忠厚老实人,甘愿无私来奉献。
人民心中有杆秤,历史公正会判断。

有感(十二首)

一

道路是曲折的,
河流是弯曲的。
山崖是高低不平的,
人生道路不是一帆风顺的。

1998 年 11 月

二

风流人物浪淘尽,活到百岁有几人?

名利财物何足道,不如清白度一生。

1998 年 5 月

三

不觉年已过八旬,人生旅程将走尽。
往事历历在眼前,永远不忘党的恩。

2020 年 8 月

四

人死惜不能再生,珍惜光阴最要紧。
活着多做有益事,死后方能留美名。

五

野草经冬更茂盛,枯木逢春枝又新。
莫道人老不中用,姜尚暮年扶周兴。

2002 年 3 月

六

世上常有不幸人,灾难痛苦伴一生。
但愿人人都幸福,个个都有好命运。

七

亲朋好友来往少,只因自己年岁高。
人老精力不旺盛,少和别人打交道。
心胸一定要开阔,不要埋怨和计较。
多做力所能及事,晚年生活同样好。

八

许多亲友已别离,重新相见遥无期。
时光流逝催人老,病魔让人早归西。
天灾人祸年年有,可叹死者多如蚁。
人的生命最宝贵,每时每刻要珍惜。

九

人死一切皆成空,活着思想要开通。
荣华富贵是烟云,无名英雄才光荣。

十

年过八旬已高龄,朝夕可能上天庭。
心中犹燃青春火,一息尚存事不停。

十一

虽到暮年心不老，雄心壮志仍未消。
东方朝霞虽然美，绚丽晚霞也妖娆。

2010 年 10 月

十二

人生七十古来稀，今活百岁也不奇。
人民生活得改善，有病能够及时医。
中国人口老龄化，养老尚能担得起。
当年老人贡献大，打下基础创业绩。
尊老爱幼好美德，代代相传永不弃。

赏菊有感

一年一度菊花开，花开花落永不败。
可叹人生道路短，谁能岁岁赏花来？

看《红楼梦》有感

青梅竹马两相爱,美梦难圆实可哀。
移花接木酿悲剧,封建礼教把人害。

交友(二首)

一

人生难得一好友,患难之时能相救。
可惜常遇两面人,关键时刻却避走。
交友不可太轻率,为人好坏要看透。
品德高尚最重要,互敬互爱才长久。

二

交友千万慎选择,要学古人荀巨伯。
管鲍之交千古颂,好友一生难割舍。

注:荀巨伯,东汉人,《世说新语》中有他忠于朋友的感人故事。

爷爷和孙子(三首)

一

白发爷爷抱爱孙,抱在怀中紧又紧。
虽感腰酸和背痛,脸上却是笑吟吟。
刚刚喂他吃蛋糕,又忙让他喝奶粉。
盼他快快成长大,将来能够担重任。

2009 年 11 月

二

人们常说隔代亲,对此我也体会深。
我有两个小孙子,曾为他们操碎心。
大事小事都要管,入托上学也得问。
若是生病更焦急,忙送医院看门诊。
他们啼哭我心疼,他们欢笑我高兴。
受苦受累不图报,只愿长大不忘本。

三

一老带一小,公园到处跑。

孙儿刚会走,爷爷年事高。

老人心目中,孙子是个宝。

精心来照看,不怕累弯腰。

2002 年 3 月

赠孙儿思言(二首)

一

人见人爱小帅哥,聪明伶俐又活泼。

爷奶精心来照看,盼他长大出息多。

二

聪明伶俐长得帅,十人见了十人爱。

爷奶视其为珍宝,望他长大能成才。

2014 年 3 月

望 月

明月窗前照，我心似火烧。
老伴住医院，生怕传噩耗。

2023 年 4 月

看中央电视台《宝贝亮相吧》节目有感

年纪虽小会唱戏，沉着冷静词能记。
唱念做打功夫深，少年未来实可期。

2023 年 12 月

看中央电视台社会与法频道有感

鸡毛小事闹纠纷，一时冲动伤人命。
悲剧上演一瞬间，毁了前途变命运。
跌进深渊后悔晚，法律严惩不留情。
古今案例知多少，情绪失控是祸根。

发生矛盾需克制，头脑时刻要清醒。

为人处世应宽厚，得让人时且让人。

2024 年 7 月

逛书店（二首）

一

老了诸事放一旁，多去书店逛一逛。

各种好书观不尽，畅游书海心欢畅。

二

书店图书多如山，可惜无法全都看。

倘若生命能长久，定将好书都看完。

2020 年 12 月

可怜的女人

当年我还是少年，有天正在门口玩。

忽听有人在哭叫，一男正把一女撵。
男的就是她丈夫，当地甲长臭名远。
女的小脚跑不快，男的紧追在后面。
眼看就要追赶上，女人痛哭在路边。
父母闻声跑出门，急忙向前来相劝。
又把女人带回家，避免一场大灾难。
女人哭诉命运苦，婚后一直受熬煎。
丈夫打骂是常事，生活痛苦不堪言。
其夫就是一恶棍，吃喝嫖赌都占全。
当了甲长更霸道，抓丁派夫是常见。
我父也曾被抓去，修筑工事苦活干。
他待老婆如牛马，临产痛死也不管。
昔日之事今犹记，过去妇女太可怜。
幸亏有了共产党，妇女彻底把身翻。
男女平等地位高，妇女能顶半边天。

注：这是我小时候亲眼所见的事。

坚强的老人

步履维艰行动缓，手扶轮椅移步慢。
满头白发显已老，欲去公园转一转。
不顾身患多种病，哪怕出来有风险。
生命不息动不止，为让死神离得远。

2024 年 8 月

赠 张 老

年过七旬身犹健，风尘仆仆到皖南。
春光明媚花开时，重返江淮话当年。
身心只为检察事，不顾劳累把路赶。
珠城话别情谊重，挥笔赠字永留念。

注：最高人民检察院副检察长张灿明来安徽调研和检查工作，他曾在蚌埠工作过。临别时他赠送我他亲自书写的一幅书法。

网购图书

家中藏书已很多，好书网购不放过。
明知晚年看不完，随便翻阅也快乐。

2021 年 11 月

读 书

家有图书也不少，可惜尚未都看到。

人生道路将走完,阅读必须争分秒。

2021 年 3 月

不忘初心和使命

为官切记不能贪,党纪国法记心间。
不忘初心和使命,一生方能保平安。

2018 年 10 月

五十抒怀

历经风雨五十年,回首往事心不安。
童年尝尽人间苦,是党救我脱苦难。
读完中学上大学,有幸成为检察官。
年已半百老将至,多为人民做贡献。

1988 年 2 月

抒　怀

岁月不把青春留，我今已有八十六。
虽到暮年体已衰，年轻心态仍然有。
日常家务靠自己，不给儿孙添忧愁。
读书绘画不间断，政治学习未曾丢。
锻炼身体在坚持，常去公园走一走。
国家大事最关心，振兴中华挂心头。
有朝一日上天堂，也要天天看神州。

2024 年 8 月

窗外闻鸟鸣

东方欲晓闻鸟鸣，窗外树上叫不停。
声声催人快早起，一日之计在于晨。

劳动人民最伟大

高温季节勤劳作，寒冬腊月仍干活。

修路架桥忙不停,高楼建造一座座。
双手来把奇迹创,战天斗地不畏缩。
劳动人民最伟大,高尚品质值得学。

2024 年 7 月

赞紫薇花树

高温季节少有花,喜见紫薇如彩霞。
坚韧不拔人称赞,万木丛中有奇葩。

2024 年 7 月

春风啊，春风

春风啊，春风，
和煦的春风，
你驱走了严寒，
融化了大地冰封。
春风啊，春风，
温暖的春风，
你让小鸟放声歌唱，
你使百花争艳，万紫千红。
春风啊，春风，
醉人的春风，
你让大地充满无限生机和活力，
你使一切忧愁和烦恼无影无踪。
春风啊，春风，
催人奋进的春风，
你激励年轻人精神焕发，勇往直前，
你使老年人变得年轻，重振雄风。

1995 年 7 月

向他们学习，向他们致敬

他们是人民生命财产的保护神，
是一切危害社会的犯罪分子的克星。
他们日夜坚守在工作岗位上，
时时刻刻关注着社会的安宁。
为了捍卫国家和人民的利益，
他们中的许多人献出了宝贵的生命。
向他们学习，向他们致敬，
人民爱戴的政法公安干警。

读季宇谈创作《王朝的余晖》有感

脑内知识如海洋，万卷史书胸中藏。
下笔如神佳作多，勤奋好学是榜样。

注：2023 年 1 月 27 日《新安晚报》刊登了记者采访著名作家季宇谈创作《王朝的余晖》的经过。

赠范曾

劫后春风亦多情，神州画坛出精英。
江东有一范才子，诗书绘画天下闻。
龙飞凤舞字胜画，古今名人笔下生。
庐州之行创奇迹，件件珍品天地存。

注：1980年8月3日，范曾画展在原安徽省博物馆开幕。我应邀
出席开幕式，当场写下这首诗表示祝贺。范曾请省博物馆馆长祁超将
此诗抄写在留言簿上。范曾曾对我说，他的字实际上比画还好，但书
法界未予肯定。

梦中观画展

昨夜梦中观画展，山水花鸟皆齐全。
名家大作也不少，看了一遍又一遍。
恋恋不舍出馆门，抬头忽见山连山。
山下湖水明如镜，真实画卷在眼前。

赞思言

自幼养成好习惯,从来不肯乱花钱。
爷爷给钱他谢绝,零食再好嘴不馋。

小鸟(三首)

一

树上小鸟真可爱,天还未亮就起来。
又唱歌来又跳舞,自由自在多欢快。

二

清晨窗外闻鸟鸣,叽叽喳喳叫不停。
犹如在开演唱会,又像开展大辩论。
可惜不懂小鸟语,否则前去问究竟。

三

东方欲晓闻鸟叫,声声催人快起早。
勤奋才能有幸福,千万不要睡懒觉。

笼中小鸟

笼内小鸟叫不停,叫声悲哀伤人心。
奉劝痴迷养鸟人,快将小鸟放飞行。

1996 年 5 月

在沪的一夜

一夜暴雨下不停,忽有电闪和雷鸣。
天公突然发神威,令人胆战又心惊。
不久雨声渐变小,雷电消逝无踪影。
惊人一幕终演完,深夜重回到平静。

2016 年 5 月

老 妇

年迈老妇身有病,行动不便拄拐棍。
步履艰难到学校,等待放学接爱孙。

雾霾天气

雾霾天气突来袭,神州受害数千里。
航班延迟船停驶,高速公路也关闭。
空气污染更严重,医院病人最拥挤。
天公已把警钟鸣,环境污染要治理。

2013 年 12 月

江河入海

滔滔江水向东流,流入海洋是所求。
穿山越岭不怕难,不达目的誓不休。

暴　雨

忽然天黑降暴雨,疑是天河决了堤。
暴雨接连下不停,许多地方成灾区。
多亏有党来领导,抗洪抢险创奇迹。
再大灾难也不怕,万众一心泰山移。

为他们欢呼喝彩

残奥会上传喜讯,东京频闻国歌声。
中国健儿创佳绩,接连夺得许多金。
莫道身残难有为,比赛场上见分明。
为国争光贡献大,拼搏精神人人敬。

赞残疾游泳运动员郑涛

虽无双臂胜有臂,犹如水中一飞鱼。
身残志坚英雄汉,东残会上创奇迹。

注:郑涛被誉为"无臂飞鱼",在东京残奥会游泳比赛中夺得四枚金牌,并四次打破纪录。

赞举重运动员石智勇

智勇双全真英雄,浑身力气大无穷。
东奥会上手一举,闪亮金牌入囊中。

赞游泳运动员汪顺

蛟龙水中速翻腾,东奥会上夺冠军。
中华儿女多壮志,为国争光献忠心。

赞射击运动员杨倩

年纪虽小本领高,射击场上显英豪。
沉着冷静心神定,最后一枪打得好。

赞中国奥运健儿

五星红旗赛场飘,雄壮国歌响云霄。
中国健儿夺冠多,为国争光立功劳。

2021 年 8 月

陈绪德在石林留影

陈绪德在颐和园留影

陈绪德在黄山排云亭留影

陈绪德留影

陈绪德在曼谷大王宫留影

陈绪德在巴黎卢浮宫留影

陈绪德在瑞典马尔默留影

陈绪德在马来西亚总理府广场留影

赞跳水运动员全红婵

自古英雄出少年,中国又有全红婵。
东奥会上显身手,高台一跳勇夺冠。

东京奥运会有感(三首)

一

东京疫情正吃紧,奥运依旧在举行。
各国健儿齐相聚,相争高低显本领。

二

中华儿女斗志高,东奥会上成绩好。
勇夺冠军金牌多,五星红旗赛场飘。

三

强中还有强中手,比赛场上竞风流。
各国健儿比高低,中华儿女最优秀。

中国女排

满怀信心却翻船,东奥会上输得惨。
沉痛教训应吸取,顺利之时想困难。

赞环卫工人

天尚未明即起床,大街小巷清扫忙。
无论酷暑和严冬,辛勤劳动不怕脏。
美化城市做贡献,美容师名天下扬。
平凡劳动也伟大,环卫工作人敬仰。

工人阶级最伟大

工人阶级最伟大,处处都有汗水洒。
能让大海变桑田,可使高山来搬家。
平地建起摩天楼,宽广道路通天涯。
双手创造新世界,汗水浇出幸福花。

2021 年 1 月

抗洪歌(二首)

一

滔滔洪水猛如兽,江岸危急举国忧。
百万军民齐奋战,誓叫洪魔低下头。

二

抗洪犹如上战场,军民团结打硬仗。
日夜坚守在堤坝,不让群众遭灾殃。

1998 年 8 月

援　助

冠状病毒祸全球,生死存亡大搏斗。
中国自身疫情重,仍向各国伸援手。
人类命运共同体,慷慨援助来相救。
社会制度优与劣,世界人民有感受。

医　生

从医应有好人品，榜样就是白求恩。
胸怀无私做贡献，救死扶伤为病人。
对待病人要关爱，专业知识须过硬。
治病救人无小事，千斤重担挑在身。

赠费礼（二首）

一

人生道路多不幸，病魔突然来袭身。
临危不惧志如钢，战胜疾病有信心。

二

突患罕病命垂危，意志坚强不可摧。
大难之后有大福，今后前途更光辉。

注：安徽大湖律师事务所主任、我的校友费礼曾患罕见病吉兰-巴雷综合征，他以顽强意志抗击病魔，在医生的积极治疗下很快恢复了健康。

有感费礼重病后康复

罕见病毒危害大,不幸感染实可怕。
重症病房来抢救,名医会诊研良法。
君乃诚实正直人,意志坚强不惊吓。
康复之快创奇迹,今后事业更腾达。

赞白衣天使(二首)

一

白衣天使很伟大,疫情虽重却不怕。
不顾安危救病人,高尚医德人人夸。

二

白衣天使最可敬,奋勇当先抗疫情。
治病犹如上战场,不怕流血和牺牲。

2020 年 3 月

人生有感(三首)

一

为人眼光要放远,小事切莫去纠缠。
得让人时且让人,退后一步天地宽。

二

对人一定要真诚,交友应当互交心。
大海能容千条河,胸怀宽广事业兴。

三

人的生命很脆弱,不及草木能久活。
昨日见君身犹健,今朝忽闻遭了祸。
活着过好每一天,莫使光阴虚度过。
财富权力是烟云,处世心胸要开阔。

小　草

平凡小草很顽强，酷暑严冬也生长。
虽然不如花枝俏，能让大地披绿装。

春　节

今年春节不寻常，神州处处喜洋洋。
五洲四海同欢庆，东方巨龙高空翔。

2023 年 1 月

赞 交 警

天昏地暗雨倾盆，时有电闪和雷鸣。
何惧天公逞威风，交警路上仍执勤。

赞抢险救灾队员

天公怒把天河开,倾盆大雨浇下来。
许多田地被淹没,千万百姓遭祸灾。
救援队伍来抢险,自身安危置度外。
化险为夷功劳大,英雄事迹传万代。

良医与庸医

医生品德最高尚,职责救死和扶伤。
古今良医人人敬,华佗妙手美名扬。
无私奉献白求恩,中国人民永不忘。
少数医德败坏者,利欲熏心丧天良。
小病当成大病治,大病无钱徒哀伤。
善恶到头终有报,害人必无好下场。

shí zhèng gǎn yán piān

时政感言篇

我爱中国共产党

我爱中国共产党,党是天上红太阳。

层层乌云被驱散,神州大地沐春光。

我爱中国共产党,党把人民放心上。

不忘初心和使命,"两个至上"豪言壮。

我爱中国共产党,脱贫攻坚打胜仗。

领导英明决策好,全民共同奔小康。

我爱中国共产党,疫情防控有良方。

措施得力成效大,五湖四海齐赞扬。

我爱中国共产党,反腐倡廉震四方。

"老虎""苍蝇"一起打,贪官污吏无处藏。

我爱中国共产党,前进道路有方向。

不怕艰难和险阻,乘风破浪不迷航。

我爱中国共产党,是党把我来培养。

党的恩情深如海,铭记在心永不忘。

2021 年 10 月

永远要听党的话

我本不幸一苦娃,生在乱世穷人家。
历经坎坷和磨难,喝着苦水成长大。
日出东方乌云散,三座大山被摧垮。
穷人翻身得解放,从此不再受欺压。
是党救我出苦海,培养我去上法大。
工作单位安排好,职务晋升得提拔。
党的恩情比海深,永远要听党的话。

人民热爱共产党

新冠病毒流行广,各国人民都遭殃。
武汉疫情最严重,许多市民着了慌。
大难来临盼救星,救星就是共产党。
中央英明做决策,救援队伍来四方。
战胜病毒成效大,五湖四海齐赞扬。
社会主义制度好,人民热爱共产党。

2021 年 3 月

改革开放谱新章

——欢庆党的十三大胜利召开

金秋十月好风光,群英盛会国是商。
深化改革迈大步,开放搞活谱新章。
回首九载硕果累,神州处处变了样。
人民生活得改善,脱贫致富奔小康。
宏图大业前程远,振兴中华信心强。

1987 年 12 月

明天生活更美好

明天,
文明之花处处开放,
雷锋精神大大发扬。
明天,
乡村和城市一样美好,到处都像花园一样。
明天,
共同富裕必将实现,
人民生活天天向上。
明天,
到太空遨游不是做梦,

去九天揽月已很寻常。
明天，
振兴中华梦已成真，
伟大祖国更加繁荣富强。
明天，
中华儿女斗志昂扬跟党走，
谱写新时代中国特色社会主义新华章！

1987 年 3 月

庆祝新中国成立四十周年

礼炮声隆隆,烟花升太空。
举国同欢庆,四海庆丰功。
建国四十载,东方腾巨龙。
神州山河变,五洲皆瞩目。

1989 年 10 月

惩　腐

中央惩腐力度大,"老虎""苍蝇"一起打。
查处案件无禁区,贪官纷纷落下马。

观九三大阅兵有感

中国九三大阅兵,盛况空前举世惊。
当年日寇终战败,如今中国更强盛。

2015 年 9 月

重阳节

一年一度重阳节,今年重阳更特别。
中央领导最重视,老龄工作上台阶。
习总书记来祝福,老人心中倍亲切。
晚年生活如蜜甜,感谢党的好政策。

2021 年 9 月

教育要改革

中小学生都发愁,作业压力难承受。

自由活动实在少，笼中小鸟失自由。
教育改革应加强，适应时代莫守旧。
幼年打下好基础，未来人才方优秀。

"两个至上"好

"两个至上"提得好，人民地位日益高。
党和人民心连心，红色江山万年牢。

注："两个至上"即人民至上、生命至上。

中华崛起

江河入海不可挡，中华崛起理应当。
有人妄图阻潮流，螳臂当车是下场。

党 员

党员对党要忠诚，牢记使命和初心。
勇于担当淡名利，全心全意为人民。

反对战争（二首）

一

古今战争太残忍，无数平民丧了命。
许多建筑遭破坏，发动战争最可恨。

二

当今世界不太平，巴以俄乌有战争。
人民生活太悲惨，企盼早日得安宁。

脱贫攻坚成效大（二首）

一

古今贫富差别大，有谁能够改变它？
只有中国共产党，脱贫攻坚成效大。

二

全民脱贫世上无，唯有中国很特殊。
是党英明来领导，人民生活才幸福。

2020 年 5 月

振兴中华谱新篇

中华民族多苦难，昔日列强频侵犯。
英雄儿女骨头硬，不屈不挠斗志坚。
无数先烈洒热血，誓把山河来改变。
自从有了共产党，振兴中华谱新篇。

2021 年 10 月

改革开放政策好（二首）

一

古老中华数千年，人民苦难不堪言。
改革开放政策好，千家万户喜开颜。

二

改革开放掀巨浪，神州大地变了样。
贫穷落后面貌改，人民幸福国家强。

2002 年 9 月

参观南昌八一纪念馆有感

革命必须建武装，南昌打响第一枪。
起义虽然未成功，中国从此有希望。

1997 年 11 月

井冈山（二首）

一

初冬时节到井冈，内心激动翻波浪。
耳边犹闻枪炮声，先烈功劳永不忘。

二

有幸来游井冈山,革命摇篮天下传。
今日民富国强盛,无数先烈热血染。

1997 年 11 月

参观云岭新四军军部旧址有感(二首)

一

中华灾难深重时,英雄儿女会岩寺。
决心要把日寇除,浴血奋战留青史。

二

神州大地起狼烟,中国人民遭危难。
杀人放火搞"三光",日本鬼子罪滔天。
八路军和新四军,保家卫国英雄汉。
不怕流血和牺牲,英名长留天地间。

1982 年 7 月

交接班

——有感于老一辈国家领导人主动交班的高尚风格

古今中外争权多,为了掌权拼死活。

有的屠刀对亲人,不择手段把权夺。

革命领袖为人民,大公无私胸开阔。

选好新的接班人,主动交班利于国。

1982 年 9 月

庆祝党的十三大胜利召开

全世界都在关注着北京,

仔细倾听中共十三大的声音。

深化改革的主旋律响遍神州大地,

激励着亿万人民火热的心。

改革开放,搞活创新,

巨龙腾飞,中华振兴,

社会主义祖国前程似锦。

中华儿女的信心更足,干劲倍增。

在党的英明领导下,

勇往直前,快马飞奔!

1997 年 10 月

中国特色社会主义好

中国万人脱了贫,防控新冠仗打赢。
经济增长速度快,科技不断有创新。
人民生活大改善,"两个至上"得人心。
人类命运共同体,世界人民都欢迎。
"两个百年"宏图展,振兴中华梦成真。
社会主义真正好,党的领导最英明。

黑白不能颠倒

白是白来黑是黑,黑的不能说成白。
世上总有霸道者,专爱颠倒黑和白。
中国民富国又强,他们害怕心胆怯。
歪曲事实编谎言,打压中国不停歇。
蚍蜉撼树不自量,螳臂岂能挡列车?

1987 年 4 月

仿满江红

——纪念毛泽东同志九十周年诞辰

光明磊落，一生中，轰轰烈烈。怀壮志，拯救中华，甘洒热血。历尽艰难为革命，南征北战志如铁。挽狂澜，智勇惊天地，敌胆裂。创学说，继马列，指方向，功显赫。看神州已改，旧时日月。丰功伟绩如泰山，英名长存永不灭。新长征，战鼓已擂响，建伟业。

1981 年 12 月

纪念毛泽东同志一百周年诞辰

东方出了毛泽东，黑暗中国来春风。
劳苦大众有救星，神州从此换新容。

沉痛悼念小平同志

邓公仙逝举国悲，苍天为他也落泪。
改革开放功劳大，远见卓识决策对。
敢想敢干目光远，独创理论放光辉。
振兴中华不是梦，历史为君树丰碑。

1997 年 2 月

悼念思卿同志

来皖调研很认真,品德高尚人尊敬。
龙飞凤舞书法好,写赠四字情谊深。
反腐工作力度大,检察事业有创新。
惊闻在京已仙逝,悲痛难忍泪湿襟。

注:思卿同志曾任最高人民检察院检察长、全国政协副主席,曾书写"君子怀德"赠予我。

怀念李清泉同志

一股清泉已流完,鄱阳湖水掀波澜。
与君相处情谊重,音容笑貌记心间。

2020 年 3 月

注:李清泉同志是新四军老干部,江西鄱阳人,曾任安徽省副省长、省政协副主席。我曾担任他的秘书。

zhuī yì wǎng shì piān

追忆往事篇

老伴生病

老伴不幸患重病，犹如巨雷轰头顶。
从此生活变了样，整天为她忙不停。
行走不便要搀扶，衣被污染换洗勤。
时常夜里发高烧，连忙为她来降温。
医院看病做检查，挂号拿药腿跑疼。
医药费用开支大，节省度日为保命。
以往行动多自由，如今很少出远门。
读书绘画时间少，劳累过度常生病。
身体健康才幸福，此时方才体会深。
医生道她创奇迹，亲友相见也高兴。
今生有幸结伴侣，再苦再累也甘心。

2020 年 2 月

问　寒

寒流来袭天变凉，不知是否添衣裳。
走时匆匆衣单薄，冬装想送到天堂。

2023 年 11 月

离　别

我的年龄比你大,本应比你先离家。
谁知病魔将你害,健康身体被搞垮。
可恨死神带你去,将我一人来留下。
日夜盼望再相会,同你畅谈知心话。

2024 年 5 月

相　聚

小区老人常相见,沐浴阳光促膝谈。
可惜中间少一人,她已上天离人间。

怀念老伴(三首)

一

晚年老伴已先走,寂寞孤单使人愁。

生前虽卧病床上，我心踏实不担忧。
如今她已离我去，心里压块大石头。
观看遗像心内酸，美好往事再难求。

二

翻阅照片仔细观，历历往事在眼前。
昔日生活多美好，外出旅游能登山。
可恨病魔把你害，从此生活大改变。
再也不能观风景，只好常常去医院。
美味佳肴难入口，苦药也要往下咽。
人已瘦成皮包骨，日常起居自理难。
强忍病痛不叫苦，为使亲人心里安。
今朝突然撒手去，顿觉天旋地也转。

三

美味佳肴难入口，奇珍异宝无所求。
天下美景不思去，贤妻离世我伤愁。

沉痛哀悼老伴林梅莉（三首）

一

病魔缠你七八年，今朝忽然离人间。
犹如晴天响炸雷，我心好似滚油煎。
共同生活五十载，一旦分别如塌天。
医生说你创奇迹，我看活得还太短。
为你治病天天忙，来回医院不间断。
起居饮食需照顾，夜里时常换尿片。
只盼你的病痊愈，再苦再累也心甘。
模范丈夫是你夸，其实照顾有不周。
可恨病魔太无情，硬把夫妻俩拆散。
你有千言和万语，可惜尚未来交谈。
购来一些新服装，等到病好再来穿。
家里一些营养品，你也无法来下咽。
祖国许多好风景，打算病好再去看。
你爱两个小孙子，很想时常能见面。
谁料你今匆匆去，令我终生感遗憾。
朝夕相伴半世纪，历历往事在眼前。
我在职时工作忙，一切家务你承担。
我曾下放到乡村，你带儿子去上班。
从来不叫苦和累，意志坚强不怕难。

强忍病痛不呻吟,为让我们心里安。

自然规律难阻挡,人人都有这一天。

你今先把天堂去,不久我们再相见。

2023 年 5 月

二

你我虽然才分离,时刻都在想念你。

茶饭不思夜不眠,精神恍惚无力量。

看见遗像心内酸,千言万语在心里。

今生有缘结成伴,互敬互爱好夫妻。

家庭和睦很幸福,晚年生活也甜蜜。

可恨病魔将你害,摧残折磨你身体。

今日不幸离人间,悲痛欲绝无声泣。

天堂路上要走好,我们相逢会有期。

2023 年 5 月

三

梅莉晚年实可怜,病魔缠身近八年。

本应幸福度一生,不幸突然遭苦难。

活泼开朗一个人,从此沉默和寡言。

虽受病痛来折磨,意志顽强斗志坚。

为使家人少受累,忍受疼痛露笑脸。

如今虽已离别去,音容笑貌在眼前。

梦中相见

梦中常和她相见，千言万语道不完。

五十年前成夫妻，相亲相爱如蜜甜。

可喜儿孙都孝顺，生活过得很美满。

多次外出去旅游，观赏名山和大川。

今后日子会更好，很想多活十几年。

可恨病魔来侵害，将我夫妻两分散。

从此不能在一起，但愿梦中常相见。

2023 年 11 月

纪念梅莉逝世一周年（三首）

一

今生有缘结夫妻，五十五载不分离。

生活本来很幸福，儿孙孝顺有出息。

可恨癌魔来侵害，一病卧床不能起。

盼你早日能康复，日夜操劳也愿意。

不幸你仍离别去，滚油浇在我心里。

晚年痛失好老伴，深感孤单心焦急。

二

离别不觉有一年，盼你回家来团圆。
美味佳肴已备好，选好服装待你穿。
更有千言和万语，只等见面促膝谈。
可惜人去难复生，但愿梦中常相见。

三

路上见有伴侣行，心里顿时不平静。
你若健在多么好，如今孤单我一人。
只恨癌魔太狠毒，无情夺去你生命。
心中痛苦永难消，只盼相会在来生。

2024 年 5 月

怀念姐姐

姐姐离开已多年，音容笑貌在眼前。
一生泡在苦水中，不知幸福和甘甜。
在家照顾弟和妹，重活脏活样样干。
十七出嫁到外乡，从此相隔两重天。

父母想她饭不思，弟妹盼归眼望穿。
忽闻她已离人世，全家悲痛泪涟涟。

1986 年 6 月

送　别

苑内树上开白花，老伴梅莉永离家。
久居此地情谊重，一旦分别两牵挂。

2023 年 5 月

清　明

清明来临心不安，逝去亲人常梦见。
忙备祭品和鲜花，寄托哀思到墓前。

2024 年 3 月

随感录

冬去春来,年复一年,岁月似流水一样逝去。人的一生要经历幼年、少年、青年和老年时期,最后回归大自然。然而,人们由青壮年进入老年阶段的时候,思想往往没有做好准备,总觉得自己还很年轻。

我自己现在已经年过半百,即将成为六十岁的老人了,可是我还没有这方面的意识。儿童时代的生活,青年时期的经历,历历在目,就像昨天才发生的事情一样。走在大街上,有时遇到年轻人问路,叫我"老人家"时,虽然知道是对我的尊重,但心里还是不大舒服。在市场上买物品,售货员如果称呼我为"老同志",我听了也不大开心。

然而,事实毕竟是事实。我家宿舍附近前几年栽种的小树,如今已长成了大树。我的两个儿子,已从怀抱中的婴儿长为年轻小伙子了。我头上的黑发已渐渐变成白发,脸上的皱纹也多起来了,这岂不是逐渐老了吗? 我以前的同学,也从风华正茂的青年步入了老年队伍。

岁月是无情的,人的一生也不过生存几十个年头,不可能长生不老,永远年轻。我现在就有一种危机感,我觉得我要做的事情还有很多很多,特别是对党、对人民的贡献还很少。我要在今后的岁月里争分夺秒,和时间赛跑,抓紧学习、努力工作,为党、为人民多做一些贡献。

1995 年 9 月 14 日

黄山松赞

　　凡是到过黄山的人，无不赞叹黄山松的奇特和秀美。即使没有去过黄山的人，也大都知道黄山松的美名。尤其是那棵挺拔屹立的迎客松，早已闻名中外，成为黄山的美好象征。

　　黄山松大都生长在悬崖绝壁或山巅险要之处，把黄山七十二峰点缀得分外妖娆。倘若黄山没有松树的生长，那一定会大煞风景。北海散花坞景区，有一座山峰直插云天，其顶端有一棵松树，形态好似一支硕大毛笔在蓝天上书写壮丽诗篇，画出美丽图画，故名梦笔生花。

　　黄山松千姿百态，各竞风流。有的伸展巨臂，迎接来自四面八方的游客；有的像卧龙盘踞在山巅，只待时机成熟便要飞翔；有的几棵松树拥抱在一起，誓不分离；有的状如巨大蒲团，好让仙人在上面打坐。

　　我曾多次来过黄山，黄山仙境一般的美景使我流连忘返。特别是看到那些亭亭玉立、郁郁葱葱、千姿百态的松树，我感到十分高兴和振奋，登山的疲劳瞬间消失。黄山松那种久经风霜，不畏严寒，挺拔屹立的精神，给人鼓舞和力量。由此我想到，那些常年驻守在祖国边防前线的战士，为了祖国和人民的安全，经受住各种困难的考验，像黄山松一样屹立在祖国的前沿阵地。那些在祖国四个现代化建设中顽强拼搏，流血流汗，做出了重大贡献的人，不也是各条战线上的黄山松吗？那些忠于职守、廉洁奉公、秉公执法的公安政法干警，不正是那挺拔、屹立在高山上的黄山松吗？尤其是那些为了捍卫国家和人民的利益，为了革命和社会主义建设事业而英勇献身的先烈，他们正是万古长青的黄山松！

　　黄山松既生长在黄山七十二峰，也生长在我们的心中。它们不惧风雪严寒,不怕环境艰苦,百折不挠、奋发向上的精神,永远值得我们学习和发扬。

1990 年 7 月

黄山写生记

黄山美如画,黄山比画美,越看越爱看,永远看不厌。这是我初游黄山后的亲身感受。

1977 年 4 月下旬,北京画院的王华南、溥松窗和何镜涵三位画家来安徽。他们是经时任安徽省委宣传部副部长、画家赖少其的推荐,由稻香楼宾馆邀请来的。当时稻香楼宾馆准备在会议室、餐厅和客房等处布置一些省内外著名画家的作品。省内著名画家赖少其、孔小瑜、萧龙士等已为宾馆创作了一些绘画作品。范曾、黄永玉、黄胄、应野平和方济众等国画大师也应邀先后来宾馆创作绘画作品。北京画院的三位画家也是在此期间应邀前来的。

当时我在宾馆工作,安排接待画家的事由我负责。北京画院的三位画家来宾馆后提出先到黄山写生,再回到宾馆创作绘画作品。于是我陪同他们前往。我在安徽工作已有十余年,还从来没有去过黄山。早就听说黄山风景优美,这次能有机会亲临其境,而且能亲眼看见画家写生,心中十分高兴。

我们乘车到达温泉景区后,马上被这里的美景所吸引。只见那桃花峰雄伟壮观,天都峰在云雾中忽隐忽现,百丈泉飞流直下,人字瀑难得一见,温泉水碧如蓝天……画家们连忙拿出画笔和画板不停地写生。他们画了一幅又一幅,天黑方才离开。

我们在温泉景区住了一夜，第二天早餐后便从前山步行登山。画家们不顾登山的疲劳，边走边看，有时停下来写生。到北海后在宾馆住了一夜，第二天一大早就到附近的山上去看日出和云海。这天天气很好，只见一轮红日从东方冉冉升起，从山峰间慢慢露出红彤彤的笑脸，绚丽彩霞染红了半边天。山上站满了观看日出的游客，不少人为了占到观看日出的好地方，天还没亮就出来了。我们观看了壮观的日出，又看到了云海的动人情景：厚厚的白云把一座座山峰遮掩，有的山峰仅露出峰顶，好像大海中的小岛。云层很厚实，给人能够站在上面的感觉，而且辽阔无边，与天相连。这种壮观场面令人兴奋不已。

画家们在北海、西海的一些景点画了不少写生作品。我一边观看他们写生，一边也情不自禁地拿出纸和笔写生。

黄山处处是美景，使人百看不厌，流连忘返。正如徐霞客所言："五岳归来不看山，黄山归来不看岳。"我们在山上停留了两三天，方恋恋不舍地告别了黄山。

怀念我的母亲

母亲去世已经三十五周年了。她生于 1907 年，属羊，去世时才五十三岁。

岁月的流逝并没有冲淡我对母亲的深切怀念。她的音容笑貌时常在我眼前浮现。她的勤劳善良、爱憎分明的高贵品质，永远激励着我奋勇向前。

三十多年前，在我高中毕业报考大学时，语文试卷的题目是《母亲》。我怀着一个儿子对母亲的真挚的爱，真实地叙述了我的母亲一生中许多感人的事，边写边含着泪水。我想我的这篇作文得分一定不少,我能考上北京政法学院(中国政法大学前身)也与此有关。

1960 年 5 月,我的家乡河南省商城县的一座水库大坝被洪水冲垮。县城内成千居民不幸因洪水和房屋倒塌失去生命,包括我的父母。

母亲去世后我十分悲痛,一直想写点纪念文章表达我对她的怀念和未能尽到孝心的内疚。然而,每当我提笔之后,思绪万千,心情沉重,难以下笔。

现在,我又一次提笔在手,思来想去,母亲生前给我留下深刻印象的几件事浮现在我的眼前:

记得在我七八岁的时候,我家附近有一姓杨的地主婆生孩子难产。家乡人传言说产妇喝了小男孩的尿水便能顺产,但是,这个小男孩就会夭折。

这天我正在城郊曾家菜园附近打猪草,一个成年男子向我走来,问我几岁了。我回答后,他说道:"你撒一泡尿水给我,我给你几角钱好吗?"我听后感到很意外,没想到尿水还能卖钱,马上就答应了他的要求。他拿出一个陶瓷碗,接满了尿水而去。

我回家后将此事告诉了父母,他们听后十分恼火和焦急。当打听到是杨姓地主家的长工取走的尿液后,母亲便跑去指责地主家不该这样做,要求他们必须把尿倒掉。地主自知理亏,只好把尿水倒掉,母亲把钱也退给了他家。地主家虽然有钱有势,但母亲为了儿子的生命不受到影响,不顾一切地去地主家质问,使问题得到了解决。

我的母亲是一个十分善良的人,她对穷人怀有深厚的情感。商城解放前,我们家生活十分困难,经常是吃了上顿没有下顿,有时一天只吃两餐红薯稀饭。即便如此,只要有上门乞讨的人来,母亲也要给他们一些吃的。记得有一次,一个衣衫褴褛的中年妇女来我家乞讨,母亲把自己正要吃的一碗饭倒给了她。当她接过饭后将要走出大门时,母亲把她叫了回来,又给了她一些炒好的菜吃,她连忙说:"谢谢,谢

追忆往事篇

119

谢。"母亲用实际行动教育我们要多做好事、善事。

在黑暗的旧社会,恶霸地主对雇工非常刻薄和凶狠。有一天晚上,母亲带我到一个武姓地主家打听他们家是否请帮工的事。那是一个夏天的晚上,母亲和地主婆坐在院子里交谈。这时,一个小女孩坐在一张藤椅上睡着了。地主婆看见后,快速跑过去,用手使劲把人和椅子一起推翻在地,小女孩惊吓得大声哭叫。这个女孩是她家雇用的童工,只有十一二岁。母亲见此情景十分气愤,便指责地主婆不应该这样粗暴地对待小女孩。母亲严厉地说:"她还是个孩子,你怎么能这样狠心?!"地主婆态度蛮横,怪我母亲多管闲事。母亲拉着我气冲冲地走了。只是不知道这个小女孩之后又会受到怎样的虐待。

商城解放初期,经常有一些来上访和要求离婚的乡下妇女到县政府和县法院告状。我们家离那里不远,母亲又常去县政府联系需要洗衣服的工作人员,因而常常碰到一些上访人员。母亲见到有十分困难的妇女,总是尽力予以帮助。记得有一位农村妇女,因不堪忍受丈夫的打骂虐待,来县法院要求判决离婚。母亲见她吃住困难,十分可怜,便把她带到我家吃住,她直到法院判决离婚后才离开。

但也碰到过一个住在我家的妇女,离开时把我家替别人晒洗的几件衣服偷走了。母亲对此非常伤心,曾对我说起此事,我不但没有安慰她,反而责怪她不该带人来家。现在想想我这样说一定使母亲更加难过,我很对不起母亲。

商城解放前,我们家生活十分困难。祖父的双眼在抗战时期被日本鬼子的飞机炸瞎了。而且他年事已高,已丧失了劳动能力。父亲以小贩为职业,本小利微,很难养家糊口,母亲通过当奶妈和帮人洗衣来贴补家用。有一次她给一杨姓地主家当奶妈,乳房被感染上病毒,溃烂了一个大洞,久卧床上不能起身,而且又无钱上医院治疗。后来多亏县城一位著名中医上门为她诊治后,才逐步好转。在我们家生活最困难的时候,祖父曾让我拉着他上街乞讨。我们一老一小,沿街乞讨一天,也要不到多少钱物。

母亲病好后不再给地主家当奶妈了,而是替人家洗衣服挣点钱。她每天同父亲一道去河里洗衣,晒干叠好后再送给人家,从早忙到晚,工作十分辛苦,以致头发早早就白了。

家里虽然很穷,父母还是供我上学读书,从小学一直供到大学毕业。在校期间,因经济困难,我寒暑假一般不回家探亲。母亲十分思念我,要父亲写信问我能不能回来,还要我每月给家里写两至三封书信。

要写母亲的事还有很多,写到这里我写不下去了……

三十多年来,我一直觉得母亲并没有离开人间,期盼着有一天我们母子能够相见。到那时,我将一头扑在母亲的怀抱里痛哭一场,然后向她述说别后三十多年来的生活经历,并表达我将好好侍奉她的孝心。虽然我知道这一切都是不可能实现的幻想,但我一直期待会有这一天。

1995 年 9 月 18 日

父亲的来信

今年清明节,因为疫情,未能回故乡给父母和祖父扫墓,心中深感不安。

我将他们坟墓的照片拿出来供奉祭奠,又把父亲以前写给我的信件拿出来仔细阅读,以此表达我对他们的思念。

1957 年至 1961 年,我在北京政法学院读书期间,经常收到父亲的来信。从 1957 年 9 月我离家赴京后到 1960 年父母不幸去世,我经常收到父亲的来信,现保存下来的就有三十八封。

父亲上过私塾,毛笔字写得很好。每年春节都有一些亲友请他书写春联,有的还请他代写书信。他写给我的书信文字简明、字体工整,具有文言文特色,需仔细阅读方能完全看懂。

我现在重读这些信件,心情既沉重又亲切,仿佛回到了当年的情景。

父亲的来信,字里行间充满了全家人对我的思念和关爱。信的开头总是写"绪德吾儿,见信如面",我感到十分亲切,真有见到亲人的面一样。信的末尾常常写道:"话长纸短,难叙余情。"似有许多心里话尚未说完,我也还想继续看下去。

父亲在来信中常问我生活上有什么困难,是否缺少衣服、鞋子和日常用品。有一次我把我同班的王茂深同学和我在天安门广场的合影照片寄回家中,之后听说母亲看了照片既高兴又难过。她看见我的同学脚上穿的是皮鞋,而我穿的是旧布鞋;当时已是夏天,天气炎热,我的这位同学上身穿的是短袖衬衣,下身穿的是短裤,而我上身穿的是长袖衬衣,下身穿的是一件旧长裤。母亲看了照片,难过地流下了眼泪。

父亲每次来信都要问我需要什么物品。我深知家里生活困难,总是说不缺什么。父亲有时在信中说准备给我寄些生活用品,我赶快回信说我已经有了,不要寄来。父母对我的安全和身体健康时刻挂在心上。北京是个大城市,他们担心人多车多,电器设备也多,叫我外出要小心谨慎;学习、劳动也不要太累,要注意休息;等等。我看后感到十分亲切和温暖。

我在学校享受甲等助学金,每月 12.5 元,除去 12 元伙食费,还有 0.5 元零用钱,买讲义、交党费、理发等都从这里面开支。有时急用钱,只好找经济条件较好的同学暂借一点。

我在北京四年,从未游览过八达岭长城。因为去八达岭长城需从永定门乘火车前往,来回要不少路费。我从小就喜欢听京戏,北京有许多著名京剧演员,我想看他们的演出,但在京四年没有去过剧院。有一次,梅兰芳先生在离我们学校不远的五道口剧院演出,我们校园内设有售票处,每张票1元,实在是机会难得,很想去看看,但因无钱买票,只好放弃。幸好学校曾安排两次教职员工观看京剧,一次是李和曾主演的《孙安动本》,一次是《初出茅庐》,也算了却了心愿。我寒暑假很少回家和家人团聚,主要是来回路费难以解决。我也想回家看看,父母更盼望我能回去。由于寒暑假不能回家,父母只好要我经常给家里写信。父亲要我每月给家里写至少一封信。母亲知道后同他发生争吵,她要我每个月写两至三封信回家。他们想通过来信得到一些安慰。父亲在一封来信中写道:"儿来家胜于得到宝贝一样。"可惜我未能实现他们的愿望。寒暑假我在校除看书学习外,还参加了学校组织、安排的勤工俭学活动,如去火车站帮助搬运从外地运来的货物。有次是搬运从河南开封运来的大西瓜,从火车上搬运到汽车上,然后送到市内销售商店,每天也能挣到几块钱。虽然工作很辛苦,但能挣点儿钱零用,心里也很高兴。有次父亲来信说,妹妹上学交不起学费,我便将勤工俭学挣来的几块钱寄回家中,解决了她的学费问题。父母十分高兴,称赞我是孝顺儿子,同时又很难受,说我自己生活也很困难,以后不要给家里寄钱了。还有一次,我的一位同乡同学杨允习回家探亲,我买了一些食物请他带给我的父母。父母收到后也十分感动,但父亲来信又叫我以后不要给家里买东西了。

父亲在信中曾提到当地一些干部存在违法乱纪、强迫命令方面的问题,如要求城市居民下放到农村安家落户。幸亏父母年纪已大,没有劳动能力;爷爷年事已高且双眼失明,三个妹妹年纪尚小,还在上小学,故坚持不能下放农村。当地干部还限制居民购买粮油和猪肉等副食品,要求一律去吃大食堂,等等。我虽对这些违法乱纪行为感到气愤,但作为一个在京读书的学生也无能为力。1960年5月,我们县城附近的一座水库大坝被洪水冲垮,城里居民被淹死上千人,包括我的父母。噩耗传来,我请假回去给父母料理丧事,其间又了解到县里一些干部违法乱纪的情况,心中十分气愤。返校后,经过反复思考,我鼓起勇气,冒着风险给毛主席写了一封信,反映和揭露县里干部违法乱纪的问题。后来,河南信阳地区包括商城县的问题被党中央发现,毛主席亲自批示:"民主革命不彻底,坏人当道。"当时被称为"信阳事件"。

父亲在写给我的信中经常教育我永远要听毛主席的话,要感谢共产党,是毛主席和共产党把我这个贫穷人家的孩子培养成为大学生的,要"忠于国家,永不忘矣"。父亲的话我时刻牢记在心中。

我在京读书期间,家里生活十分困难。父母年老体弱,被疾病缠身;祖父年迈,又双眼失明;三个妹妹年纪尚小,两个还在上学。我对家庭的困难感到十分焦虑和忧愁,曾经打算休学找个工作,以缓解家中困难。我曾把这一想法写信告诉了父母。父母得知后十分慎重,他们还去征求了一些亲友的意见。父母和亲友们一致认为我应当读到大学毕业,不能半途而废。家里的困难也是暂时的,等我大学毕业参加了工作,一切都会好的,父母就能享福了。于是我打消了休学的念头。现在看来,父母的决定是明智的、正确的,是有远见的,宁愿自己受苦也要为我的前途着想。如果没有他们的正确决定,我也不可能有今天的幸福生活。但我也深知,他们做出这一决定时内心也是矛盾和痛苦的,但毕竟头脑清醒,意志坚定,决定正确,我永远感谢我的父母的关怀。然而,令我终生愧疚和遗憾的是,他们尚未等到我毕业参加工作就不幸去世了,这前后时间也只有一年多。倘若父母能看到我毕业后参加工作,哪怕时间不长再离世,我心中也好受一些。这真是"天有不测风云,人有旦夕祸福",天公对人也太不公平了。每当想到此事,我又觉得当初休学找个工作,让父母过上几天好日子,可能是更好的选择。

父母亲去世至今已有六十二年了。每年清明时节我都要回老家为他们扫墓,寄托我的哀思。他们生前未能享到儿子的福,现在我只能通过扫墓表达我的感恩之情。但愿二老地下有知,能够得到安慰。

父亲的来信是我的宝贵遗产,多年来我一直珍藏在身边,并经常翻阅。每当看到这些来信，父母的音容笑貌就浮现在我的眼前，他们永远活在我的心中。

2022 年 4 月 22 日

深切的怀念
——纪念父母遇难二十五周年

我的父亲和母亲遇难已有二十五周年了。岁月的流逝丝毫没有冲淡我对他们的怀念，许多往事至今仍记忆犹新，他们的音容笑貌时常在我眼前浮现。我在睡梦中也时常同他们相会。我虽然深知人死了不可能复生，但我总觉得我们的离别只是暂时的，总有一天会重新相见，那时我们将有千言万语，畅所欲言。

父母生前过着十分贫苦的生活。每当我回忆起他们坎坷苦难的一生，心里就十分难过。尤其是他们将要摆脱贫困、改善生活之时，却惨遭不幸，被洪水夺去了生命。这使我悲痛万分。父母辛辛苦苦把我养育成人，供我读书学习，从小学一直上到大学毕业，他们付出了多少心血和汗水啊！

我一直想写一点儿东西来纪念他们，但每当拿起笔来就思绪万千，难以落笔。

回想以前家庭的贫困生活，我不免热泪盈眶，心里十分难受。父亲生前曾当过小贩，但因本小利微，难以养家糊口。我记得他每天都要起得很早，到农村采购一些蔬菜瓜果之类的农产品拿到街上去卖。他每次采购的农产品数量不多，销售量不大，赚的钱少。有一次在街上摆摊时还遭到国民党警察的打骂，菜筐被踩烂，秤杆也被拿走。他无处控诉，只好忍气吞声。还有一次，国民党军队在甲长指引下，把父

追忆往事篇

亲抓去修工事,干了几天重活后才被放回家来。旧社会穷人被欺压的事屡屡发生,实在是暗无天日。

父亲年轻时曾上过私塾,能写一手好毛笔字。每逢春节都有一些亲友来请他写对联。他时常帮我大舅父给二舅父写信。二舅父同二舅妈婚后感情不好,经常闹矛盾,后来离家出走,在西安重新安了家。但他也没有同二舅妈离婚,一直隐瞒了这一情况。有一次大舅父又来让我父亲给二舅父写了一封回信,二舅妈知道后认为没有告诉她二舅父的情况,而来同我父亲大吵大闹。其实这事同我父亲无关。

二舅妈也是一个可怜女人,她丈夫离家出走后同她断绝了关系。他们的婚姻是包办婚姻,婚后生活并不幸福美满。她生有一男一女,都是她一人抚养成人的。但她对我很喜爱,说我长得像罗成,一直就喊我"罗成"。

父亲身体一直不好,他患有痔疮,脱肛严重,但因家庭生活困难,无钱医治,一直是带病坚持劳动。后因做小贩亏本,父亲只好改为同母亲一道帮人洗衣维持生活。母亲把别人要洗的衣服取来后,他们一同到河里去洗。不管是炎热的夏天,还是寒冷的冬天,只要别人有衣服要洗,他们就要到河里去洗。因为太劳累,夏天烈日当空,冬天河水刺骨,他们身体越来越差,疾病缠身。母亲还曾给地主家当过奶妈。

新中国成立后我们家生活虽有改善,但因一家人老的老、小的小,缺乏劳动力,又无固定收入,生活仍很艰难。但当时想,曙光就在前面,还有一年多时间我就大学毕业分配工作了,那时家庭生活一定会好起来。

可惜他们尚未等到我毕业后参加工作就与世长辞了,竟没有享受到儿子的福。我对此深感遗憾和悲痛。

光阴荏苒,父母遇难已有二十五年了。二十五年来我一直思念他们,也永远不会忘记他们的恩情。

1985 年 6 月

回忆我的爷爷

我的爷爷是一个盲人。从我记事起他就已经双眼失明。但幸运的是他的听力还很好,头脑也很清楚。他的眼睛是被当年侵华日军的飞机投掷炸弹炸瞎的,我的奶奶是被日寇的飞机轰炸商城县城时炸死的。

爷爷双眼失明后丧失了劳动力,什么事也不能干了。我当时年纪还小,父母整天在外面忙于工作,根本没有时间来照顾我,只好由爷爷来陪伴我。爷爷虽然不能陪我玩,但用讲故事和背诵一些民谣的方法也使我感到高兴。我记得他背诵的民谣有《小老鼠上灯台》《小哥哥》等。至今我还记得这两首民谣的内容。《小老鼠上灯台》的内容是:"小老鼠上灯台,偷油喝下不来。隔壁有个王大妈,抱了一个大猫来,急急忙忙滚下来。"《小哥哥》的内容是:"小哥哥,腿上缠个白裹脚,腰里别个棒棒鼓,手里拿个小铜锣。走一路,敲一路,姑娘大嫂都来听。只有一个王大妈待在家里吃糖饼,红糖糊一嘴,白糖糊一身,看她以后还吃不吃糖饼。"除此之外,爷爷还经常讲一些故事给我听。我不知道他过去读过几年私塾,但我觉得他知道的东西确实不少,每天同他在一起并不感到孤单和寂寞。因此,我同爷爷的感情也很深厚。记得我在潢川高中读书时,有一年暑假我回到家中。有一天,不知为什么事父亲对爷爷态度生硬,他把爷爷讲了一顿。我听了很不高兴,便对父亲说道:"你对爷爷态度不好,我以后对你也不好。"我是吓唬他的,他听了就不吭声了。

我爷爷是在1959年腊月去世的。当时我正在北京政法学院读书。父母怕影响我的学习,没有告诉我这一不幸消息,否则我一定会赶回家来见爷爷最后一面。我想爷爷临终时一定对我很思念。我最后未能来到他的身边,这使我终生遗憾。

chén sī yán bù fen

陈思言部分

我的爷爷(二首)

一

爷爷已经八十多,会唱京剧会唱歌。
文章诗歌写得好,我要向他好好学。

二

爷爷是个老党员,初心使命记心间。
要我长大不忘本,牢记理想与信念。

我想快快长大成人

炎热的夏天已经来到,
我要脱去身上的棉袄。
爷爷连忙上前阻止,
他说要防止患上感冒。
冬天家里已开通暖气,
晚上我把厚厚的棉被掀掉,
爷爷重新给我盖上,

他说受了凉就会发烧。
我想快快长大成人，
免得爷爷为我这样操劳。

赞滑雪运动员谷爱凌

冬奥会上勇夺金，年纪不大有本领。
愿把国籍来改变，为国争光不忘本。

看望奶奶

奶奶久病卧在床，我和妈妈来看望。
我们紧紧握着手，千言万语口难张。

怀念我的奶奶

奶奶去世快一年，时刻把她来思念。
她的恩情深似海，历历往事在眼前。
把我从小来带大，吃穿上学样样管。
可惜从此离我去，她永活在我心间。

我为他们点赞

在我们现实生活中,有许多看似普通平凡的人和事,却是具有重要意义、值得称赞的。正是因为有了这些平凡的人和事,我们的生活才绚丽多彩,人们才感受到我们社会大家庭的温暖。

这里,我仅从我所亲眼所见和亲身经历的一些事例,谈谈个人的感受。

交警叔叔送考生

2022年6月高考期间,有一位考生跑错了考场。他的考场是在合肥五十中蜀外校区。这一天来参加考试时,他跑错了地方,跑到了五十中新区。眼看就要到考试时间了,他心急如焚,不知如何是好,急得就要哭了。这时,正在值勤的一位交警叔叔走了过来,问明情况后,马上用警车把他送到了指定的考场,没有耽误他的人生大事。

我们当时在现场目睹了这一情景,心里十分感动。我为这位交警叔叔的行为点赞。要不是他在这紧急时刻把那位考生送到考点,那位考生就无法参加考试,对他今后的前途和命运都会产生影响。

人民警察为人民,有困难找警察,只有社会主义中国才能做到。

捡　纸

有一天,我在上学的路上看见一位妈妈怀里抱着一个两三岁的小女孩在人行道上行走。小女孩手里拿着一张纸。突然,小女孩手上的纸落在了地下。她的妈妈抱着她继续往前走,小女孩挣扎着要从她妈妈怀里下来。她妈妈问:"你要干什么?"女孩说:"我的纸掉了,我要下去捡纸。"她妈妈把她放下来后,她连忙跑去捡到那张纸,然后把纸丢进附近的一个垃圾桶里。她妈妈见了连声说:"这样做很好。"

原来小女孩是怕丢失的纸张污染环境,她的行为令人感动,这也说明她从小就受到了良好的教育,养成了自觉保护环境的好习惯。

在现实生活中,有些人在公共场所乱丢垃圾的现象随处可见。一些风景名胜地也常见游客扔掉的饮料瓶、废塑料袋等物,对环境造成了严重污染。他们真不如这个小女孩。我希望全社会都能增强爱护环境的意识,让神州大地处处清洁美丽。

惊险一幕

有一天,我在去学校的人行道上行走,看见马路上有一妇女和一小男孩正在等候绿灯放行。男孩的妈妈手里拿着手机正在观看,小男孩未等绿色信号灯亮就去过马路。他妈妈因为正在玩手机没有发现。这时一辆红色小轿车正快速驶来,眼看就要轧到小男孩了,突然一个穿黑衣服的男子飞快跑来,把小男孩抱起来迅速躲开,小汽车一闪而过。要不是这位叔叔及时抱离,小男孩就会被小汽车撞倒,后果不堪设想。这位叔叔也是过路行人,同小男孩家并不认识。

我当时看到小男孩闯红灯时心里很着急,但也无能为力,看到这位叔叔把他抱开后才松了一口气。我为这位叔叔勇于救人的行为所感动,我们应当向这位无名英雄学习、致敬。

在我们的现实生活中,像这种在别人遇到危难之时,能够挺身而出救助他人的事经常可见。这充分体现了我们社会大家庭的温暖,雷锋精神大大发扬。

老师的关怀

有一件事使我十分感动,至今难以忘怀。在上初中时,那是一个冬天,天气已经很冷。我们班有一位女同学来上学时,衣服穿得单薄。当她走进教室时,我们的班主任戈老师发现她衣服穿得太少,就说:"今天天气很冷,你衣服穿得太少容易受凉感冒。"那位同学说:"我来时不知道外面有这么冷,所以没有穿棉衣。"戈老师马上叫班上一位同学去他的办公室拿来一件外套让她穿上。

同学们看了都很感动,我们的老师像父母关心自己的子女一样关心学生。老师不仅教授我们文化知识,还关心同学们的身体健康,在发扬雷锋精神、乐于帮助别人方面也为我们树立了榜样。我们向这样的好老师学习、致敬。

老师给我送伞

我在合肥望湖小学上六年级时,有一天下午放学后,我留下来在班上打扫卫生。打扫卫生结束后我正要离校回家,天上突然下起了倾盆大雨。我没有带雨伞,家里人也都不在家,不可能来给我送伞,我只好在教学楼一楼等雨停了再走。谁知雨越下越大,天又快黑了,我只好冒雨而行。正在这时,一把雨伞给我挡住了雨水。我抬头一看,原来是我们的班主任陈本茂老师给我打的伞。

陈老师说:"雨下这么大,你淋了雨会受凉感冒的,你打着这把伞回家吧。"我看陈老师只有一把伞,便说道:"老师,你自己打吧,我不怕淋雨。"陈老师说:"你赶快打着伞回家吧,不要管我。"我只好打着老师的伞回家了。我当时很受感动。陈老师在学生们的印象中一直是一个很严厉的人,从这件事可看出他是一个很关心爱护学生的好老师。

陈老师把伞给我用了，他自己却淋了雨，结果感冒发烧了。我得知这一情况后心里很难受，就去向他表示问候和歉意。他却坦然地说："没关系，这是我作为老师应该做的。以后遇有类似情况我还会去做。"他的话使我胸中涌起一股暖流。我深切感受到我们师生之间的深情厚谊。我们在学校不仅学到了知识和文化，而且学到了要做一个品德高尚、乐于助人的人。

向清洁工致敬

清晨，我在上学的路上，看到马路十分干净，连一片碎纸都没有，心里十分高兴。这里的环境实在太美了，我非常热爱这里的环境。

为什么会有这么好的环境呢？难道大自然有净化功能，可以自动消除所有脏物吗？不是，是我们的环卫工人辛勤劳动的结果。

环卫工人们起早贪黑地打扫马路，清理垃圾和废旧物品，才使我们生活在一个干净美好的环境中。他们不怕脏不怕累，用汗水把道路冲洗得干干净净；用勤劳的双手，创造一个美好的世界。

我每天来到学校后，都看到保洁阿姨和保洁爷爷在那里辛勤劳动，把校园打扫得清洁干净，使我们有一个舒适美好的环境，我从内心感谢他们。他们为了让孩子们有一个好的学习环境，很早就来到学校，不管是炎热的夏天，还是寒冷的冬天，天天如此，从不间断。他们这种认真负责的精神令我十分敬佩。

那位清洁工阿姨还曾耐心地教我洗拖把的方法，使我在打扫教室的卫生时能够熟练地使用拖把，把地面拖得很干净。

劳动创造世界，劳动人民最伟大、最光荣，我们应当向一切劳动者学习，向他们致敬。没有他们的流血流汗、辛勤劳动，就不可能有美好的世界。由此我还想到我们的老师，他们教书育人，用汗水和心血培养社会主义事业的接班人，他们也是受人尊敬的劳动者。我们要向一切劳动者学习、致敬。

我的心意

有一天,我同爷爷到合肥逍遥津公园去游玩。我们在经过一个地下通道时,看见里面坐着两个乞丐,一老一少,衣服褴褛,蓬头垢面,怪可怜的。他们面前放着两只破瓷碗,里面放了几个硬币。我们经过时他们没有找我们要钱,只是用乞求的眼神看着我们。

我看他们确实可怜,也不知在这地下通道里待了多久,碗里的硬币也很少,心里十分同情。据说当前社会上也有不少人装扮成乞丐专门骗人财物的。但我看这两个人不像是骗子,确是家里有实际困难才出来乞讨的。他们并没有强求别人给钱。

出于对他们的同情,我当即找爷爷要了几元硬币,投放到他们的碗里,他们用感谢的目光看着我。我觉得我这样做是对的,虽然给的钱不多,也不能解决他们的困难,但这是我的心意。我想如果有更多的人这样做,积少成多,也许就能帮助他们解决生活困难。我希望全社会以及社会救济组织,对这些流落街头乞讨的人多加关注,切实帮助他们解决实际困难。我不希望在街上再看到这样被迫乞讨的人。

云端捐赠感想

我在合肥五十中上初中时,有一天我们班主任戈新强老师主持、安排了一次云端捐赠活动。这次活动很有意义,取得了圆满成功。

我们云端捐赠的对象是庐江县的一所初中的学生。这所初中的很多学生家庭比较困难，有的父母亲长期在外打工，无暇顾及子女的生活和学习。有的同学缺乏学习用品，无钱购买课外读物。

我们通过云端活动，同他们进行了学习方法和经验交流。学霸介绍了学习方法和体会，还介绍了一些家长教育和辅导孩子学习的成功经验。考虑到他们一些学生的实际困难，我们还通过线上进行了捐款活动，先后给他们捐款好几千元。

这种活动增强了两个学校同学之间的友谊和团结，起到了互相鼓励、共同进步的良好效果。

我深刻体会到，人与人之间要互相关心、互相帮助。乐于帮助别人，自己会感到幸福。这种云端交流和捐赠的形式很好，希望今后继续举办。

我的好朋友

我在上小学时，在同班同学中结识了一个好朋友。他有一双大大的眼睛、圆圆的脸蛋，长得很帅。他在班上不仅学习成绩优秀，而且和同学相处得也很好，特别是他对我十分关心和友好。

记得有一年寒假，我们相约一起去打篮球。到篮球场后，我们俩并肩站在一起看别人投篮。突然，有人把一个篮球向我脸上扔过来。我的朋友反应很快，连忙跳起来把球接住，球才没有砸到我脸上。而他自己的手却受了伤，手背被砸红肿了。

还有一次，学校放学时，我们一同从六楼教室往楼下走，我们边走边交谈，忽然我脚下一滑，身体向前倾倒，眼看就要跌倒在楼道上。多亏我的这位朋友手疾眼快，一把把我拉住，我才没有跌倒，而他自己却因为用力过猛,站立不稳,跌倒在地上,把腿跌伤了。当时我心里又感激他,又很难受。

期末考试成绩出来时,如果我考得成绩好,他会向我表示祝贺,他从内心感到高兴;如果我考试成绩不够理想,他会前来对我进行安慰,并告诉我答题错在什么地方,而且鼓励我再接再厉,不要灰心丧气。

我为有这样的朋友感到欣慰。交友一定要交待人诚恳、为人忠厚老实的好友。

爸爸来了

我在上初中时,有一天学校举行跑步训练活动。许多同学的家长都前来观看,为自己的孩子加油鼓劲。

不巧的是,这一天妈妈因单位要开会不能前来参加,爷爷陪奶奶到上海看病去了,外婆外公也去了外地,只有爸爸一人在家。但他因为车祸,大腿膝关节粉碎性骨折,动过手术后在家休息,走路还很困难,不可能来到学校。我很羡慕有家长来的同学。

我正感到失望的时候,突然看到爸爸出现在我的眼前。他挂着拐棍一瘸一拐地走到场地上。他的到来既使我感到惊喜,又使我感到难受,因为爸爸腿上还有钢钉没有取出。

爸爸是一个坚强的人。他在泾县医院重症监护室抢救时,我和爷爷、妈妈曾去看望他。他清醒过来后,看到我们十分高兴。他对我说:"儿子,不要难过,要像爸爸一样做个坚强的人。"我当时听了感动得流下了眼泪。

现在,他又忍着疼痛来到学校看我参加训练活动,使我信心倍增,增添了力量,顺利完成了老师布置的任务。

后 记

2019年10月，我的《清风集》一书由安徽文艺出版社出版。近几年，我又陆续写了一些诗歌和散文，还有一些前几年写的未收录进《清风集》的作品。同时，我的孙子陈思言也写了一些诗歌和散文，他还爱好摄影，拍摄了不少风景作品。在亲友的支持和鼓励下，决定出版《青松集》一书。

我们深知，作为文艺作品的爱好者和业余写作者，所写作品艺术水平不高，但都是发自内心的真情实感。为了留作纪念，也为了能得到专家和读者们的指教，我们决定正式出版这部作品。

十分感谢安徽省文联原主席、著名作家季宇先生亲自为本书写了精彩的序言，衷心感谢安徽大湖律师事务所主任费礼和安徽大学教授徐伟学的大力支持。

青松集

陈绪德在太平湖留影

陈绪德与夫人在庐山留影

陈绪德与夫人在韶山留影

林梅莉家中留影

陈思言(右)与奶奶(左)在香港留影

陈绪德(左)与孙子陈思言(右)在商
城留影

2024年清明陈思言在商城汤泉池留影

陈思言摄深圳风光

陈思言摄艾菲尔铁塔

陈思言摄瑞士风景